烏隊　松枝千代乃

越前 九頭龍川残照

杉本利男
Sugimoto Toshio

彩流社

目次☆

九頭龍川源流

その昔、〈越《こし》の国《くに》〉辺りは日本海と白山山系に蹄鉄《ていてつ》型に挟まれた地形だった。山々に囲まれたその地は大きな湖で、奥越や南越の山地に大雨が降ると、そのたびに洪水、氾濫などの大水害に見舞われていたらしい。中でも九頭龍川《くずりゅうがわ》は〈崩れ川〉と呼ばれるほど、有史以来大氾濫を繰り返していた。五、六世紀の頃になって、越の国を治めていた男大迹王《おほどのおう》＝継体大王（継体天皇）が九頭龍川河口を広げ、湖水を日本海に流れやすくした。こうして五穀豊穣な越前平野が出現し、越の国造りに成功した。足羽川《あすわがわ》と日野川《ひのがわ》の流域をも含む九頭龍川水系、つまり越前平野は越前の耕地、居住地、山地をほぼ網羅している。

古来千数百年、幾千幾十万人もの越前人《えちぜんびと》の生活の場としての越前平野には越前の三大河川（足羽川、日野川、九頭龍川）が貫流している。越前日野川は越前富士とも別称されている霊山日野山の清流を集め、武生盆地《たけふぼんち》を東西に分け、北へと流れている。武生盆地は越前平野の一部で、その南端に位置している。武生盆地の中心は武生で八世紀初頭には越前の国府となり、国衙《こくが》や国分寺などが置かれた所で、北陸一の古都である。紫式部も一年余りを越前府中で過ごしている。岐阜との県境に近い冠山《かんむりやま》の清流を集めた越前の足羽川も北へと流れ、福井市の中心部を貫流し、郊外で県下第二の大河日野川と合流する。福井は戦国時代の北庄《きたのしょう》より以降、目覚ましい発展を遂げ県の中枢となっている。さらに奥越に発する北陸最大の流域面積を誇る越前の大河九頭龍川は日野川と合流し、かつて江戸時代には北前船貿易で栄えた文化の香り高い三国《みくに》の辺りで日本海に滔々と流れ込んでいる。

越前のこれら日野川、足羽川、九頭龍川の三つの流域は越前平野を形成し、わが国有数の稲作地帯となっている。この地方は歴史的にも一向一揆《いっこう》の激しかった地域で、真宗王国でもある。浄土真宗＝一向宗には本願寺派、大谷派などの十派があるが、小規模ながらこの地に四派の本山が、〈越前の四か本山〉として越前人の厚い信仰心を集めている。

越前国は日本海側の越後・佐渡に至り、さらには羽前・羽後の出羽国へ通じる北陸路の起点として、歴史上重要な役割を果たしてきた。海上でも越前の敦賀、河野《こうの》、三国などは国内はもちろん、古くは朝鮮半島、開国以後はロシアや中国との定期航路を敷いていて、日本海側の国際都市としても大切な役割を果たし続けてきた。

山あいの松江《まつがえ》集落の火葬場から何年振りかに、薄青い煙が流れ出ている。煙は岬の緑濃い雑木の色にまざって、よほど注意を払わなければ見逃してしまう。

松枝《まつがえ》慎一郎《しんいちろう》は御坊《おんぼ》役を依頼した村人のことを思い出していた。

「いくら貰ったって、御坊役はやりたくねえ」

「おチヨ婆さんの遺言だと思ってやってくれや」

「遺言だろうが、懇願だろうが、もう、やらなくなってしまったことは、請負いたくねえ。後世の笑いものにされて、わしの子孫らが、こん村に住めなくなってしまう」

「何をそんなに大袈裟に……。二十年ほども前までは、誰が死んでも、いつでもあそこのあの、村の火葬場で焼いたもんだ」と語り、慎一郎はさらに腰を据え、「わしの母さんは、本当は火葬じゃなく、土葬を願っていたんだ。土に遺体そのものを埋める土葬なら、血も肉体も、魂まで一緒に土壌になじみ、いつかは九頭龍川に滲み、ついには日本海に流れ込むと信じていたんだ。せめてここの土地で火葬にしてやりたい」と言い続けた。

「時代の流れというもんがあるんや。近年は、もう在所の火葬場は使わないよ」

「土葬は法で禁じられているが、火葬なら今でも、駐在さんも咎めないだろうがね。理屈を言わねえで、この通り、死んだ婆さまに免じて……」

慎一郎は深々と頭を下げている。母親の千代乃《ちよの》を、この集落の住人だった証しとして、岬の山あいにある村の火葬場で灰にしてやりたかった。そうすれば有史以来、これまでの大勢の九頭龍川流域の住民、特に越前三国《えちぜんみくに》の人たちと一緒に越前人になれる。千代乃の灰と魂は雨や雪で土に溶け込み、悠久の歳月を経て山あいの川へ浸み出る。勢いを得た水流は九頭龍の大河へ通じ、日本海の大海原へ注ぎ込む。ついに大自然の水の大循環、サイクルに乗り永遠の生命を獲得する、と老いがけの慎一郎は考えている。

松江集落が隣の町村と共同で運営している三里ほども離れた所に建設した近代的な斎場は、千代乃の火葬には似合わないと固く信じている。酒のせいでか、二人の会話は昔の喋り方になっていた。二人とも次第に気安さを覚え始めた。御坊などという言葉自身、最近は気兼ねして使わねばならない、不自由さを感じている。幼馴染みが、しかも二人だけの間で、酒が入れば口に出て来る言葉だった。

源造爺《げんぞうじい》さんは可哀想で気の毒だったと慎一郎は今も思っている。

女行商鳥部隊

　昭和十年前後に千代乃が嫁いだ松江家《まつがえけ》は、北前船の発着地だった越前三国では大富豪の血筋だった。松枝本家は回船問屋として活躍していたが、一乗谷の城が没落し朝倉氏が滅亡すると、替わって三国から福井城下に出て商業に打って出た。嫁いで来た時、〈三国の松枝〉として発展の一途を辿ったと舅《しゅうと》が蜂蜜を嘗め嘗め、得意げに語るのを聞かされた。松江の里はもともと松枝家の地籍だったとの言い伝えがある。松江の里の松江はもともとは松枝と記していたらしい。同じ北前船が日本海を行き来していて、松江と松枝を聞き違い、思い違いから生じたとのこと。松江の里の松枝は、もちろん松枝本家の話で、千代乃の嫁ぎ先のことではなかった。時代とともに次第に松枝家の分家も増え、東松枝、西松枝、梅松枝として北陸屈指の豪商グループになった。千代乃の嫁いだ分家の〈梅松枝〉は、隣国加賀前田藩の系統を汲み、家紋に梅鉢を用いていたが、分家の中では一番羽振りはよくなかった。しかし品位風評は本家をしのぐとも言われていた時代もあったらしい。

「その証拠がの、今のこの家に建て替える前までは、茅葺《かやぶ》き家だったが、七畳半の〈武士《ぶし》の間《ま》〉があったんだよ。かれこれ二百年も前の、梅松の歴史さ。本家もさることながら、西や東の分家に遠慮することはねえんだ。西出《にしで》のあんたにゃ、申し訳ねえが、倅《せがれ》の敏夫と力を合わせて、慎一郎さんとかを梅松の立派な跡継ぎに……、頼んだや」

舅の優しいが、威力のある言葉の響きが事あるごとに千代乃の耳にこだました。四畳半の部屋に三畳間が隣接している間取りのことらしい。四畳半の部屋は〈切腹《せっぷく》の間《ま》〉で三尺四方の半畳の畳を部屋の中央に敷き、四方を四枚の畳で囲み、切腹の際には半畳の畳を裏返しに敷き、その藁畳の上で割腹を決行する。吹き出た血液や臓物は藁に染み込んで行く。加賀藩から舟で隠密に送り届けられた罪人は、梅松の武士の間で命を絶ったらしい。隣の〈三畳の控えの間〉は、切腹者が絶命を遂げたかを見届ける小間とのこと。西出の千代乃は松枝一統の命運を、慎一郎と共に見届けに参上した気分に襲われていた。

時代が流れ、北前船の航路が消滅し、回船問屋そのものが成り立たなくなった。城下の生活様式の変化に伴い、松枝家の商家としての結束も崩れ始めた。千代乃は松枝分家の一派、西松枝家に生まれ幼い頃、〈千代乃松枝〉と親しまれ、活発利発に生きていた。婚家では、二歳になる長女がいるのに、学者風の夫が妾に生ませた男児を跡継ぎの長男として引き取った。千代乃は、舅姑の哀願も聞き入れず、二人の子供を連れて実家に戻って来てしまった。大した時も経ず、梅松枝の後妻に子連れで収まった。先方に子供がいないのが、千代乃の嫁ぐ有力な理由だった。同じ松枝の分家でも、嫁ぎ先の実態は聞いていた評判や勢いとは雲泥の差があった。再婚の身では、婚家を飛び出る意気込みはなかった。

「昔は梅松枝だったでしょうよ。今のわては千代乃松枝じゃ、どもならん」

再婚早々時の若嫁が自堕落な舅を見咎めて口走ってしまった。息子の敏夫に気の強い後《あと》嫁《よめ》を迎えて、舅は立腹するどころか、かえってお家安泰、梅松繁栄と恵比須顔だったらしい。以来千代乃は事あるごとに自分の運命をも悟り、〈千代の松が枝《え》分け出《い》でし　昔の光今いづこ〉と心の中で、時には声に出して歌うのだった。置かれた場に居着くには、何はさておき、とにかく堪え忍ぶことと決意を新たに一週間、ひと月と日を送っていた。

松枝千代乃は数十年ほども前の烏部隊員《からすぶたいいん》だったころの曖昧な、真偽入り混じった記憶を胸を張って思い出している。九頭龍川の対岸新保の松原は、三国の四季を折々に彩っている。さらに奥の日本海に面した砂丘の三里浜では名産の小粒らっきょうの生産が盛んな時期もある。畑の記憶も新旧入り乱れて、あの頃のことに別の情景が加わっている。

辺りが白み始める頃、千代乃は裏の畑へ出て行った。畑には茄子《なす》、隠元豆《いんげんまめ》、ピーマンやトウモロコシなどが栽培されている。彼女の畑の隣には、ビニールの温室が工場のように広がっている。夏になった今は廃屋の惨めさを曝すように、ビニールがだらしなく垂れ下がり、骨組のビニールパイプをむき出しにしている。実を取られた野菜の枯れ茎などが寂しく林立している。千代乃の畑では昔ながらのやり方で、野菜などが作られている。誰も手入れせずに放置していた三畝《せ》ほどの畑を、一人で切り回してきた。かなりしっかりした畑になってからも、息子の慎一郎も孫娘の洋子《ようこ》もまったく畑の世話をしない。千代乃が嫁に来て以来、そこは彼女の畑になっている。息子夫婦がビニールハウスを作って、野菜作りに専念するには畑が狭すぎる。畑を出し合って共同でハウス事業を起こすにも小口過ぎて、誰も仲間に入れてくれなかった。嫁の久子《ひさこ》は町の縫製工場へ通い、慎一郎は幼なじみが経営しているガソリンスタンドに雇われている。

「あそこでも、あまり役立たないようだけれど、石油スタンドで働くよ」

息子にそんな思いをさせることが、千代乃には切ないことだった。夫を戦争で亡くし、行商や工事現場の手伝い、朝市に立ったりなどをして、精一杯働き、子供たちには何一つ不自由はさせまいと意気込んできたのだが、土地や財産のことになると二の句がつげなかった。自分が生き、子供たちが食べるので精一杯で、ゆとりは少しもなかった。それでも先祖から受け継いだわずかな畑と屋敷を守り抜いた誇りが、頭を時折かすめて通る。〈昔の光、今いづこ〉と口ずさみ、奮い立つのだった。とにかく病弱な息子を金沢の木工専門学校に仕込んだのだから、千代乃も慎一郎も大変な噂になった。昔の松枝家なら、息子が都会の学校に入ろうが、財閥関連の大会社の社員になっても何一つ不思議はない。羽根も脚ももぎ取られた蝉か飛蝗《ばった》みたいに、無様《ぶざま》な姿をさらけ出している敗戦後の松枝家の、後妻の千代乃には松枝家一統の人たちもこれといった期待はしていなかった。

千代乃には病弱な舅、気難しいが根は優しそうな姑もいる。いずこのどなたとも折り合いをつけなければと心に決めている。どのような縁戚関係にある家であろうとも自分自身が他言無用の複雑な身分で嫁いで来た以上、一生を梅松枝に尽くす気持ちしかなかった。舅は三畝九十坪ほどの畑を自慢し、手入れの仕方では五、六人の家族が十分暮していける作物が取れると言った。舅の言葉を信じ、毎日畑に出て草を取り、糞尿を運んで野菜の栽培に精を出していた。戦前は誰もが人糞を肥料としていたので、臭いとも感じず、恥ずかしいと思う者もいなかった。敗戦後は化学肥料が普及し、年とともに糞尿を使用する者はほとんどいなくなった。

近所の青年が四十歳近い千代乃に言った。

「窒素《ちっそ》肥料や加里《かり》肥料を分けてやるから、糞尿を撒くのだけは勘弁してくれ」

「化学肥料を使った野菜なんか、うまくないわ。下肥《しもごえ》が野菜や果物の味を付けるんだよ。海の藻を煎じて海神草にして飲めば、おなかの回虫なんか、一寸《ちょっと》も怖くないわ」

千代乃は居丈高《いたけだか》になって応えた。当時は化学肥料に支払う金の余裕など松枝家には、どこにもなかった。長女や長男が小学校に通い、夫は戦場から帰って来ない。戦場への出がけに女の子が生れた。二人にとって初めての子供だった。生まれてきて間なしに死んでしまった。あの二、三年はどうやって生きていたかはっきりした記憶がない。ただ一心不乱無心に生きたとしか言いようがない。今でも信じられないが、赤子が死んだとき娘も自分自身も、もちろん松枝家にとっても運のよいことだと心底思った。そのような時でも、舅は蜂蜜が体によいと言い、現金収入のない家計のことなど気にもかけずに、町の食料品店に届けさせていた。

姑と二人で一反歩、三百坪ほどの水田を小作して年貢を納め、家族が米かさを気にしながらもようやく一年間食べて行く米だけは何とか確保していた。米と野菜、それに味噌、醤油があれば、あの頃は暮せたものだと思い出している。学校の費用や舅の蜂蜜のような贅沢品の代金を、どうして工面しようかとあの頃は思い悩んだものだった。辺り一帯、日本中がそうした暮らし方だった。

五十年ほども以前、千代乃が朝露を受けた茄子の実を取り入れていたとき、忘れもしない、今は耄碌《もうろく》して家で寝込んでいる浜通りの雪江《ゆきえ》が、「行商をしたら……、女行商さ」と、烏隊への入隊をそおっと誘ってくれた。戦後間もなくのことだった。

「何を商うのかね。うちには金になるようなものは何一つないじゃないの」

「それはどこも同じだよ。三国だって町うちは大変よ。芦原や福井の町民はもっと食べ物がなくて困っているのよ」

「三国外れの、こんな所でこんなに難儀しているんだから、町うちは大変だね」

「特に空襲を受けて焼け野原になった福井は家もない、生き地獄だって……。何にもないんだから、このままじゃみんな、飢え死んじゃうよ」

「そんなこと言われても、うちだって……」

「米一合でも、茄子五個でもお金になるわ。お金だけじゃないのよ、助け合いだよ」

「うちには米もないもの。昔は田畑《でんばた》持ち、山持ちだったんだけれど、今は……」

「みんなして、男手がないんだから、女行商が何とかしなきゃ」

「そりゃそうね、今こそ、今だからこそ、ね」

「この村には地主さんも何軒かある。あの人たちは供出米のほかは、持て余して困っていなさる。食管法とかいう法律で、米の売買は勝手にできないことになっているから。あの人たちにも、女行商は人助けになるのよ」

雪江に知恵を借り、勇気づけられて地主の家へ出入りし、白米を分けて貰うようになった。大口を扱う男たちは玄米で取引をしていた。米の値は日毎に上がっていた。もともとは商売気のない名家育ちの婦人には、値の上がりようは気味が悪いくらいであった。ある地主のところでは升に棒をあてず、うず高く盛ってくれた。別の地主は決してそんなことはしてくれず、それどころか米価の変動にうるさく、行商人に甘味のないぎりぎりまで追い詰めたりした。仕事がない時には、そんな地主の米でも買わねばならない。

「行商も甘くないわね。特に女行商は力と度胸はなかりけりよ。戦争で多くの若者をうしない、今じゃ、女の愛嬌も売り物にならないし……」

帰りの電車の中で、雪江が苦笑いを続け、疲れた表情で言った。毎日行商をしている雪江に、申し訳がたたなく思った。慎一郎が腹痛を起こし、四、五日付き添っていたため、この前買っておいた米が二割ほども高く売れたからである。都合で怠けていた者が余計に儲かるのは気まずいものだと、あの頃はずいぶん思い悩んだものだった。何十年も女行商をしたり、朝市に命をかけたりしながら、松枝家を守ってきた。

その日の朝、千代乃は小振りな茄子を手にしながら思い出していた。この茄子は二、三日後に取り入れようと、そっと実を放した。切り取った茄子は今日が初物であった。

隠元豆の棚に近づき、隠元豆の房を幾つももぎ取った。縁の薄赤みが青白い莢《さや》を引き立たしている。もぎ取った隠元に朝日が当たり出したので、前掛けを外して隠元にかけた。高い蔓についた豆を取るのは一苦労である。早くも曲がりかけた腰を伸ばし、深呼吸をして、蔓を痛めないように気配りをしていっきにもぐ。蔓を痛めると成りものは、急に成り止んでしまう。

トウモロコシも十数本折り取った。トウモロコシの糸鋸《いとのこぎり》のような葉が、千代乃の日焼けした浅黒い腕に触れ、切り傷をつけた。黒い爪垢の詰まった人差し指を口に突っ込み、糊《のり》をつけるように唾を腕に塗った。ぴりりとした痛みが走る。五、六時間もたてば蟻の行列のような、黒い血の固まりが並ぶのを千代乃は想像していた。

間もなく九頭龍の大河に注ぎ込む家の前の小川に足をつけ、もんぺについた草の実などを洗い流す。小川の表面が眩しく光っている。千代乃は腰に手をあて、ぽんぽん叩いている。腰が曲がって、もう以前のように真っ直ぐにはならないように思った。体も気力も、何もかも一つ一つ駄目になっていくのを自分で確かめているように思う。

元気が自慢だった、あの雪江はもうそれさえできない。今の間にできることは何でもしておきたいと千代乃は思う。どんなに生活が苦しく、仕事が厳しくても、子供に手のかかった若い頃がよかったように思う。一人歩きできない間だけ、子供たちは慕ってくれた。少しでも歩けるようになると、それだけ子供たちは親から遠ざかってしまう。嫁いだ娘の貴子《たかこ》は年に一、二度やって来るだけで、彼女たちの幼児の頃を忘れてしまいそうだと思う。

戦後早々に生まれた次女で末っ子は原因不明の、多分当時は全国のどこにでも起きた栄養不良による早死にだったのだろう。病院の施設も医者の数も不十分だった。二歳の誕生日を待たずに、消息不明の父親を訪ねてあの世へ行ってしまった。思いもつかない不幸続きだった。

家の中に入り、千代乃は板の間にどっかと腰をおろし、足を投げ出す。手に握った日本手拭で額をごしごし擦《こす》った。煤《すす》けた鍋底を擦るようなもので、額は色変わりもしなかった。耳の奥で蝉がいっせいに鳴き出したような耳鳴りを覚える静寂ないっとき、〈千代の松枝〉を口ずさみながら、慌ただしかった朝を思い出している。

「おっ母《か》ちゃん、早くしな。出かけるから……」

慎一郎の慌ただしい声が聞える。慎一郎たちは松江の里を出て行ったり、また戻って来たりしている。落ち着かない時間が流れていたな、と千代乃は思い出している。頷いた後で煙草に火を点けた。紙巻き煙草を二つに切って、煙管《きせる》に詰めて吸っている。

「先に行っていいよ。今朝はまだ荷物を作っていないから。久子さんを乗せて行ってあげなさい。久子は時間がけの仕事だから」

母を残して妻を乗せて行くのに気兼ねをしている息子に、千代乃は久子さんを……、と言って助け舟を出してやった。煙草の煙が縞状に漂っている。慎一郎は四十を過ぎ、娘の洋子が歌手を志望する今になって、ようやく妻の久子と睦まじくなったように思う。娘に金がかかるので、防衛本能が働き夫婦の心が一つになったのだろう。それにそれまで何と言っても千代乃に遠慮があったに違いない。母一人の手で二人の子供を育て上げ、娘を嫁がせ、先方から文句を言って来ないだけのことをしてやった。もっとも夜逃げ同然のような結婚だったのだが。慎一郎にしてもそれは母に感謝する気持より、生まれながらの病弱な、それに少しばかりおめでたい性格の子供を持った母にたいしての同情の念が、はるかに強かったのかもしれない。

同情されず、自動車にも快く乗せて貰えないこの頃の方が、本当の親子関係のように千代乃には思えた。慎一郎と久子の夫婦関係も、ようやく一人前になってきたように思う。親に勧められた訳の分からない二十歳前後の初婚、二十六、七で再婚の夫を失った自分は、本当の夫婦の喜びや悩みを経験せず過ぎてしまったように、千代乃は思う。子供を育てるだけで手一杯で、他のことは何一つできなかった。与えられた千五百メートルを、それはとても長かったが、脇目も振らず駆け抜ける走者みたいな生活だったと思う。百メートル走やハードル、棒高などさまざまな種目があり、それぞれに楽しいものだということも、それらの存在すらも知らずに、過ごして来てしまったと思う。

自動車の警笛が二、三度鳴り、久子が手提げ袋を掴んで慌てて家を出て行った。辺りは一段と静かになった。

先日久し振りに、慎一郎の横の席に荷を置き後部座席に坐って、電車の駅まで出た。気兼ねのいることだった。

「母さん、女行商なんかやめて頂戴よ。母さんのやってることが、洋子の仕事に差し支えがあってはなんねえから。少しは洋子の身になってやってよ」

嫁の久子が遠慮もなく、慎一郎の脇でこんなことを言うのは、ごく最近のことだった。千代乃は七十歳にも近くなり、久子も四十三、四歳になっている。行商で訪ねる家の主婦の中にも、久子と同年輩の者がいるが、その人たちはやりたい放題、言いたいままの生活をしているのだから、久子がそんなことを言うのは仕方がない。慎一郎にしても、久子のそのような発言を聞いて窘めるどころか、してやったり顔にハンドルを握っている。千代乃には慎一郎の後ろ姿が憎かった。

「洋子も、ここ一番ってところだからなあ」

一人前でもない慎一郎がいい気になって、久子の言い分に靡いている。可哀想な生まれではあるが、我が子ながら小面憎《こづらにく》くも思った。「今が大事な時期だからな」と、黙っている千代乃に、慎一郎が諭すように付け加えて言う。

「親が大金出して、何が歌い手かね。レコードを出す計画らしいが、一枚もまともに買って貰える予約が取れておらんちゅうじゃないかい」

千代乃はもんぺの上で手もみをしながら、憤慨して叫んだ。

「初めは誰だってそうだよ。何回も何曲も出しているうちに、一曲ぐらい当たるかも知れないってもんさ。それが若いもんが、若い時にだけ見られる夢だそうだよ、母さん」

厳しい表情になったのが、慎一郎の喋り方で見てとることができた。

「そう信じて、親子して夢見ていればいいさ」

千代乃は意識的に大声で言い、心の中で〈千代の松枝〉を幾度も繰り返していた。

「母さんは旦那なしで苦労なさったから、わてらみたいな普通の夫婦の夢がよう解らないんだわ。仕方のないことだけれど」

久子の丁寧な物言いが、ますます千代乃の居心地を悪くした。

千代乃はもう一服煙草に火を点けた。夫婦の夢なんて、自分たちにはなかったと思う。敗戦になるまでの大正と昭和の時代、三十歳過ぎまでは、お国のため、敵国をやっつけるためだけに終始した。あの頃は自分や自分たちの考え、生き方はなかった。特に夫は人生の一番大切な、よい時期を戦争で過ごし、南方の海か、見知らぬ土地で果ててしまったのだと悔しく思う。一緒に暮した抜け殻のような十数年が、睡蓮《すいれん》の花のように質素で美しいものに思えてならなかった。三十数年の時の流れが、自分たちの空ろな生活を浄化してくれている。しかしそれでもなお、楽しいものへと風化する力はなかった。

洋子はまだ寝ているらしく、家の中は森閑としている。庭というには粗末な、裏の空地の桜の木で蝉がひとしきり激しく鳴いている。銀木犀の緑濃い葉が盛り上がって、横に広がりをみせている。今朝はすっかり遅くなってしまったとやおら立ち上がり、行商のための荷造りに取りかかった。


松枝千代乃は米や野菜などを商う女行商人の仲間に入り、烏部隊の一員になってから鉄道を頻繁に利用するようになった。以前は省線、国鉄と言っていたものが、最近になってＪＲ《ジェイアール》と名義を変更した。電車に乗っていても、乗り換え駅に近づくと車内放送が落ち着きなく聞える。国鉄の頃の女行商人の方が余程情緒があったと思い出している。

私鉄京福《けいふく》電鉄越前線の田原町《たわらまち》駅はおかしな駅だ、と千代乃はこれまでに何回思ったことか。田原町駅は同時に武生新《たけふしん》から出ている私鉄福武《ふくぶ》電鉄福武線の終着駅にもなっている。当時は国鉄でもかなり大規模な駅でなければ跨線橋はなく、私鉄各駅は平屋の駅舎で階段を渡って乗り移る必要はなかったはずだ。跨線橋《こせんきょう》の思い出は、いろいろたくさんある千代乃の思い違い勘違いの一例だろう。米や野菜を大きな竹製の籠に詰め、黒か紺色の大風呂敷で包み、それを背負って木製の階段を一段ずつゆっくり登って行く。言語学だかの勉強をしていた千代乃の最初の夫は、この大きな籠や箱のことをコロビチカと言い、キャラバンの行商人はコロベイニカと呼ぶなどと、かなり以前に教えてくれた。松江の里に嫁いで来る以前、そんな前夫のことを、家にも世の中にもまったく役立たぬことを調べている、それでいて女遊びに節度のない青二才だと侮蔑の気持ちがあった。

近頃は、そのコロベイニカの足取りがすっかり衰えてきたのを、何かの折に自覚するようになっている。記憶の曖昧な数十年も前なら、まだ四十二、三歳で足など震えたりはしていなかった。足許の安全より、階段を駆け上って行く〈烏部隊〉の姿が目に入り、先を競ったものだった。その駅は往きも帰りも同じ方向に階段を登る。右手に改札口を見て、駅前のそば屋ののれんに目をやり左に折れて、同じ方向に階段を降りる。心理反応のための実験をされているように思ったものだ。田原町駅は愛想のない駅だと千代乃は膝頭に手を当て、背中の荷物を支え、一段一段登って行く。

〈烏部隊〉と呼ばれたキャラバンが、その駅で次の路線に乗り移る。十数名の烏部隊員の写真が、全国的に有名な総合雑誌のグラビアを飾ったのは、もうずいぶん昔のことである。男たちは戦場で部隊を組んで闘っていた。鯖江《さばえ》には帝国陸軍歩兵第三十六連隊があった。今となっては随分過去の話となった。黒や濃紺色の大きな荷を背負った隊商は、群れをなす烏《からす》に見えたのだろう。撮影した当時の大学生は、今では社会の要職につき、閑静な住宅地で子供の教育に熱を上げているかも知れない。海外の戦場から祖国に戻って来られなかった隊員も大勢いる。また烏隊員をやめられずに取り残された烏もいる。

千代乃は一連の烏隊の写真に撮られるのが嫌いで、モデルに頼まれたが断固として断った。重い荷を座席に据え中腰で休んでいる姿。帰りの中距離電車内で烏仲間と談笑して煙草《たばこ》をすっている所、白黒写真で黒い荷と白い煙草の煙を効果的に表現したいと大学生が説明していた。三、四人の子供に取り巻かれている夫人に、野菜を商っている場面など、官立大学に通っている写真部員の注文に応じることだった。千代乃はかたくなに断った。戦争で夫を亡くした女が、必死に生きている生き様を雑誌のグラビアなどに曝したくなかった。戦場から祖国に戻って来られなかった隊員たちが、まだ大勢いる。烏の隊員をやめられずに、取り残された間抜けな烏もいる。不幸なのは自分たちだけではないという自負心が常にあった。学生写真家は、戦後の女性がみんなして明るく積極的に生きている姿を訴えたかったに違いない。あの時の大学生は千代乃たちの生き様を烏部隊の写真に託したかったのかも知れない。

半年ほどしてすっかり忘れていた頃、烏部隊のみごとな写真がグラビアとなって現われ、県内だけでなく全国各地で話題になった。その駅で電車を乗り換える烏の大部隊が第一頁を飾っていた。黒い大きな荷を背負って、同じ方向に階段を登って行く大勢の後ろ姿だった。荷の締め方と、黒い荷の上の枕状の荷の積み方で千代乃だと分かった。疑いもなく焦点は千代乃にあった。大学生はその雑誌を烏部隊員、みんなに配ってくれたはずだが千代乃は持っていない。モデルになった友人に、二冊目としてくれたような気もする。グラビアの中の友人たちの取り繕ったような明るい顔が浮かんでくる。

近年は衣類を持ち歩く烏を除いて、野菜や米の行商人はすっかり姿を消し、その駅の跨線橋を渡って釈迦谷《しやかだん》駅を降りるのは千代乃ぐらいである。

田原町駅で味気のない電車の乗り移りを繰り返している間に、烏の仲間が一人二人といなくなっていった。烏をやめて、すっかりすべての仕事をやめた者もいた。また彼女たちの中には村の畑の中にできた縫製工場や給食センターへパートで働きに出る者もいた。中にはそこで退職金を貰ったり、失業保険をちゃっかり手にする者もたくさんいた。戦場から今でも帰還しない夫と同じように、千代乃は取り残された烏であった。大袈裟に言えば最後の烏部隊員、はぐれ烏となってしまった。転職した人たちの中には小綺麗な格好をして、バイクで工場やセンターに通っている者もいた。ほかの多くの女たちは自転車か歩きで通っていた。千代乃と同年代の者は、そうした勤めもやめて、今は曾孫《ひまご》の世話をしたり、老人クラブから旅行に出かけたり、ゲートボールに興じたりしている者も多い。

背中の荷物を異常に重く感じ、膝ががくがく震える最近になるまでは、鳥を途中でやめ、転職した仲間たちを羨ましいなどと思ったことはなかった。それどころか自分の仕事に確信の持てない、そうした仲間たちに同情し、可哀想にさえ思っていたくらいだ。

薄い皮だけの、中身の何も入っていない学生鞄を持った大勢の高校生たちが、千代乃の大きな荷物をよけて、走り抜ける。教科書や帳面も持たずに、一体なにをしに学校へ行くのだろう。こうした悪い癖や楽をすることは、大阪や京都、さらにはもっと遠くの大都会、東京などの流行がかなり遅れて、しかし確実に福井を経て三国辺りまでやって来る。東京の流行りの大本《おおもと》はアメリカだという。何もかも情けないことだ。図体ばかり大きくて、使いものになりゃしないと千代乃は思う。同じ役立たずでも語源や言語学とは、性質が違うように感じとっている。〈わてと別れて後、前の夫は何やら難しい言語学だかの勉強を修め、苦学力行の末、大学の先生さまになったのさ〉と、ちらりと思いに耽る。再婚相手の敏夫は違っていたと腰を伸ばしながら思う。敏夫は身丈はかなり小柄だった。高等科にも行かず松枝家の狭い小作田や畑をよく耕して、米や野菜を上手に作った。敏夫は田の畔《あぜ》や畑の境に大豆や小豆の粒を埋めた。千代乃は敏夫から教わったやり方で、今でも味噌、醤油を造っている。手間のかかる仕事だが、慎一郎たちはいい顔をしない。

敏夫とは十年足らずの結婚生活で、何もかもお別れだった。十年と言っても、その大半は戦地に出向いていて半年とか、何か月とかを一緒にとびとびに過ごしただけだった。田圃の畔に作った穴へ、大豆や小豆の種を入れ灰で蓋をした日、敏夫はまた国のために、ちょっと行って来ると言って出征したのが最後だった。舞鶴に呼びつけられていたが、千代乃が尋常科で使った国定教科書で舞鶴を探している頃には、瀬戸内海の呉に回されていた。景色の綺麗な所だと絵葉書を貰って胸を躍らせている矢先に、駐在さんが自転車でやって来て、ボルネオだか、スマトラだかに配属されたらしいと告げた。妻の千代乃は子供たちと一緒に、敏夫に置き去りにされた感じで、もう追ってついて行けなかった。二人の間には広い太平洋と南洋の海が横たわっていた。

敏夫が朝早く起きて蒔いてくれた大豆や小豆が実っても、千代乃の夫は帰って来なかった。その年の暮、次女が生れた。自分の田畑で収穫した米や小豆を使って、祝いのおはぎを作る頃になっても、夫からは便りもなかった。その子は一年一寸して早々に墓送りとなってしまった。娘の遺体を詰めた小さな樽を、墓地の古木の根元に埋めた。あれから大雨小雨、小雪大雪などが降ったり積もったりして、娘の血肉と魂を静かに九頭龍の流れの方へ届け続けてくれていると信じている。小豆を蒔いてくれたこともあってか、何故か次女を、連れっ子の貴子とよく思い違いをする。そんな時彼女を元気づけたのは、子供たちの成長と、便りのないのはよい便りという古来の諺だった。立派に育っている慎一郎や貴子を敏夫に一日も早く見せたかった。子供たちのことを、神仏から授かった宝物のように思って、いつも暮していた。次女の死は敏夫に報告しないことにしていた。

あの忌わしい八月十五日を迎えても、南洋からのよい知らせは来なかった。村の男たちが各地からぽつりぽつりと戻って来た。怪我をしている者、失明している者、死んで帰る者など、いろいろな場面があった。静かな村が悲しみや笑いにおたおたする日々が数年間続いた。敏夫の消息は依然として伝わって来なかった。引揚者が戻って来る頃になって、ようやくもしかしたら御国のために名誉の戦死をしたのかも知れない、と疑うようになった。それでもまだ敏夫は若くて元気のよい年頃だから、戦地の後始末を進んでやっているのだろうと一縷の望みを抱いていた。

四十近くになり、慎一郎が新制小学校の高学年になり、長女も新制の中学生になった時、夫の消息がどうしても掴めないから、死亡したものとみなすという一本の葉書が村役場から届いた。その後かなりの期間、いろいろなことを想像しにんまり笑ったり、こっそり泣いたりと、変な気持の落ち着かない日々が続いた。

ついに敏夫の母、姑は千代乃に世話になるのが嫌で、高等科から土地の農林学校を出て役所勤めをしている敏夫の弟の家へ転げ込んで行った。蜂蜜の好きな舅はすでに死んでいて、長い不幸な戦後を知らずにすんだ。千代乃は鬼のような若嫁だと評判だった。慎一郎がいたから、千代乃は松枝家を護る気になっていた。敏夫の家を絶やしてはいけないと思っていた。そのような時には必ず〈切腹の間〉のことを連想した。姑も松枝家を護ってきた人には違いない。自分や慎一郎はこれからの新しい松枝家を護って行く人間だと思い、このような時でも、〈千代の松ケ枝　分け出でし　昔の　今いずこ〉と幾たびも口ずさみ、己を勇気づけていた。千代乃には敏夫が応援してくれているという信念がずっとあった。

次男の所に行くと言って喚き散らす姑を敢えて留めようとはしなかった。

「お母さんのいいようにして下さればいいわ。私はこの家で慎一郎をりっぱに育て上げ、主人の帰りを待っているわね」

家を離れて仕事をするには、貴子や慎一郎がまだ独り立ちしておらず何かと気懸りになることを、考え及んでいなかった。二人の子供の世話を姑にして貰うことに気付かなかった。二人には辛い思いをさせたと千代乃はつくづく思う。他の家の子供は、孫は可愛い可愛いと姑に見て貰い、雨の日には家の中で遊んでいた。眠い時には暖かい布団の中で眠ることができる。子供たちは雨の日でも千代乃と一緒に田畑に出ることもあった。時間が来るまで子供に見向きもせずに働き続けた。二人を家においで出た時には、姉の貴子に、弟の慎一郎の面倒を見るようにしつけていた。貴子にはお姉ちゃんだから、お姉ちゃん頼んだわよ、と手なずけ命令したものだ。幼い頃は責任感旺盛で、本当によく弟の面倒を見てくれた。松枝家の戸主として慎一郎を、ことのほか大事に扱ったので、結婚して他家に嫁いでからは、自分が無視されていたと僻《ひが》んで物事を解釈し、時折慎一郎に当たり散らす事もあったらしい。それでも当時は、お陰で子供たちはみんな、敏夫に似て辛抱強い子に育った、と千代乃は目を細める。

戦争に行って無疵《むきず》で帰って来た浜通りのいつも威勢のよい主人、吉村源蔵《よしむらげんぞう》が笑いながら言った。千代乃は今でもその時の情景を思い出すと虫唾《むしず》が走る。

「松枝さんの敏夫さんは真っ正直過ぎて駄目だ。進めって言われて、すぐ飛び出す者は敵さんの標的にされて、蜂の巣にされるに決まってる。そんな時、わしなんか木陰に隠れていて、敵さんが弾を無くし、疲れた頃合いを見計らって出て行ったもんだ。この方が手柄にもなり、位も上がる。恩給も段違いさ。今度戦争があったらそうするんだよ。慎一郎君によく教えておきな。そうしないと馬鹿を見るんだよ」

そんな気楽な戦などあるものか、敏夫の帰って来ない戦争なんてもう真っぴら、もう御免だと千代乃は思う。慎一郎にそんな話を聞かせる気は毛頭なかった。

吉村の主人、源蔵はブローカーで大儲けをした。ブローカーは仲買人のことらしいが、源蔵はどうせ戦場と同じように、破ってはいけない規則を意識的に破って得をしているのだ、と千代乃は思う。浜通りに洋館風のりっぱな家を建て、優雅な生活をしている。今は息子の時代になり、さらに孫の世代を迎えている。息子も、先代と同じようなやり方で上手に商売をしているようだ。血筋は争えないものだと思う。敏夫が戦地から帰って来ても、やはり松枝家の地味な生き方は同じだったように千代乃は思う。

人生もたそがれて、人生を考え悩まなくてもよい頃になって、ようやく人生の輪郭がぼんやり見えかけてきたように千代乃は思う。腰に両手を宛がい、籠を押し上げ胸を張る。要領が悪くても、敏夫の生き方は正しく、それでよかったと思うようになっている。でも死んでしまうなんてちょっとお馬鹿さんだったと思う。ひと頃は夫を憎く思った。利口に立ち回ってなぜ帰って来ないのか、しかも無駄な死だったと悔しくもなる。

若い頃は子供たちを、特に慎一郎を育てるのに一心だった。戦後の農村は、都会に比べて食べ物は豊かであった。取りあえず米や野菜は収穫できた。都会は食糧事情が最悪だった。重湯《おもゆ》がすいとんとして売られていた時代だった。女、子供はそれも口にすることができなかった。都会の大部分の人々が飢餓に曝されていた。農家でも現金を得るために、自分たちの生活に必要な米でさえ売り捌《さば》いた家も何軒かある。そのために子供の心が歪んだ例も少なくなかった。都会の子供たちもいじけてしまい、積極的な行動を取れない。日本の国自身が飢餓状態を脱け出すために、我が身の食べ物着るものまで銭に替える、飢餓輸出をして、何とか外貨を貯え、まず経済的に立ち直ろうと企てていたほどである。

そんな日本を、都会も山村漁村も丸呑みに救ってくれたのは米ソによる代理戦争だった。糸偏《いとへん》ブームを生み、特需産業が栄えた。特に福井は繊維産業に力を入れて復興に邁進した。沖縄はまだ占領されたままだった。米軍の依頼を受け、国全体が形振《なりふ》り構わずに何でも生産して外国へ送り込んだ。極貧を脱し、食糧事情もかなり改善され、頬にも赤みがさしてきたのは、その頃からだと千代乃は思う。日本はこれを機に再び立ち上がってきた。

千代乃は、人も国も何か他の犠牲を足場にしなければ幸せにも、豊かにもなれないような気がしてきている。だから不幸も誰か他の人から、トランプの婆札《ばばふだ》のように与えられるものといった相対的なもののように考えている。自分や自分たちが幸せになれば、誰か他の人が不幸せになるといった相対的なもののように思い始めている。有限なものを大勢の人間が奪い合えば、当然いろいろな条件のもとで、不公平、不均衡、不平等になるのは必至だと思う。お金も物も、心や命でさえ、弱肉強食の世界に見え、戦慄を覚える。

敏夫は正直者だから号令一番、自ら進んで標的になった。必要な人材だったのだろう。どの家のどんな大切な命であろうと、またどんなに誠意のある生活をしてきていたとしても、そんなことはどうだってよいことだった。調達しなければならないものは、何がどうであれ、かき集める。敏夫は赤紙一枚で南方の海か、ジャングルの中だかに散って行ったのだ。この世にいた三十数年と、死を認められてからの時間がほぼ同じになったのに、最後の夫の状況がなかなか脳裏を離れようとしない。自分と同じ人間がこの地球上に無数にいるのだと思うと、千代乃は力強く思い、怖ろしくなった。同じ道理で大勢の者が間違った同じ方向に流れ走る場合も、悩むことなく心強く、怖くないのだろう。

高校生たちはくちゃくちゃガムを噛み、薄っぺらな鞄をさげ、女子高生と肩を並べ、腕を組んで階段を降りて行く。敗戦直後、占領軍の兵士たちがガムを噛みながら、芦原や福井の街角、三国の景勝地に立っていた情景を、千代乃は思い出している。あの頃の日本人は押しなべて、そんな兵士たちの行動を憎悪していた。腹が立って仕方がなかった。それが今は日本の子供たちが皆、あの頃の米兵たちと同じことをやっている。男の人と肩を並べたり、腕を組んで歩いた経験は生涯にただの一度もない。首に巻いた手拭で顔の汗を拭きながら、中央の赤錆びた鉄製の手摺に蟹のように掴まりながら、木製の階段を一段一段降りて行く。夫の敏夫とでさえ、あんなにして手を繋いで歩いたことはなかった、と千代乃は思う。家の中でも二尺は必ず間隔を取って離れていた。べたべたくっついていたら、夫の敏夫が駄目になってしまうように考えられていた。布団の中でもめったに体を触れさせたりはしなかった。ゆっくりと寝て貰うことが妻の務めであった。一度や二度の誘いで敏夫の布団に身を移すことはなかった。もっと格式のある家では、夫と妻や子供の部屋は別々であった。まして自分から敏夫の布団に潜ることはなかったし、自分の布団に敏夫を誘うようなことは決してなかった。

「あれじゃ、野良犬だ」と、千代乃は年甲斐もなく呟く。泥のついた野良犬が尻をくんくん嗅ぎ合っている情景を、頭の中に描いている。孫娘の洋子はどんなだろうとふと思った時、目の前の高校生の姿は消えていた。

洋子は今、歌の練習に精を出している。専門の歌い手になりたいらしい。千代乃は反対である。舞台に立つ歌い手など、いい職業ではないと思っている。人間は野良や工場で汗を流して働くべきだ。ネクタイを締め、涼しい顔をして室内にたむろしているような奴は、碌な人間ではないと信じている。そうした連中は、汗して働く人間の幸せを奪い、不幸の婆札をそおっと隣に回す人間だと思っている。歌い手なんか、どうみたって水商売だぞと、千代乃は幾度となく慎一郎や洋子に叫んだのを思い出す。派手で楽な生活は、とにかくいけないと思っている。時々、許されない偏向思想では、と猛省はしている。

「おチヨさん、そりゃ間違いだ。時代が違うって……」

孫の洋子の言い分ならまだ少しは耳を貸そう、と千代乃は苛立っている。息子の慎一郎が娘の洋子を庇おうと、わしをおチヨさんとおどけて呼び、時代が違うとぬかす。現在の、こんな親子の集まりだから頼りなくて当てにならない。それこそ今でもおチヨさんのお世話になりっぱなしだろう。この構図は未来永劫普遍不滅って決まっていることだ。何が違うものか、時代が移っても時は永遠不滅さ。人間こそが有限で消滅するのさ。女手ひとつで、お前らを育てた時代と何十年も経った現在と何がどう違うと言いたいんだ。

雪江の弟

越前足羽川沿いの釈迦谷《しやかだん》の高台には松枝千代乃の馴染みの家が並んでいる。改札口を出ると一歩一歩緩やかな坂道を登って行く。三、四階建てのビルが増え、年々街の様子が変っていく。三十年来の親しさがじわじわと崩されて行っているように思われる。家も行人《こうじん》の姿も目新しいものに変っているのに、自分だけが取り残されているように思う。みんな帰って来たのに、まだ南方のどこかに取り残されている夫とそっくりだとも思う。

坂を登り切った所にある公園で、顔色のよい老人たちがゲートボールを楽しんでいる。千代乃より年若いと思われる人もいた。色とりどりのスポーツウエアを着込んで、白い球を足で踏みつけ、木槌で打つ。敵味方の赤い球、白い球が鉄棒で出来た小さなゲートを出入りする。嗄《しわが》れた明るい声が時々湧き上がる。浮かれた明るい顔は、いつかどこかで見たように思う。千代乃は〈近々転びなさる〉と覚えたコロビチカを、つまり大きな竹製の籠荷をベンチに置き、中腰で体を休める。この一、二年この公園で一息入れるのが習慣になってしまった。かつてはこんな入口の所で息をつくことはなく、競って一軒でも多く訪ね歩いたものだった。今では競う相手もなく、この一服が贅沢な我儘になっている。

煙管《きせる》に紙巻き煙草の半切りを詰めながら、あの浮かれた笑い顔は……、とこだわっていた。太平洋戦争で島々を次々と占領した喜びに沸いていた頃の村民町民県民、そして国民のあの笑顔だと気付いた。でも夫の笑い顔は思い出せないでいる。村人の明るい顔にまじって、不思議と慎一郎の物ねだりする童顔が重なった。昔のことを何もかも忘れて、ゲートボールに興じていられる老人たちを眺め、どことなく千代乃は苛立ちと不安、底知らずの寂しさ虚しさを覚えた。人はみな、そんな悲しさ辛さは言葉や考えではなく、周りの情景を具体的に描写し、心の内を訴えたらと親切に言ってくれた人もいる。浮かれた笑顔でゴルフに興じている男と女が公園をわがもの顔で蠢いている。こう表現しても烏部隊員、松枝千代乃は心の内を映すことは出来なかった。

あの人たちは、この辺りも空襲を受けて多くの人が死に、ひどい生活をしていたのを忘れてしまったのだろうか。表向きの華やいだ生活や優雅な暮しをすることによって、かつての苦い思い出を一切合切忘れようとしているのかも知れない。それらは忘れられるはずのものではないことを知った時、千代乃はゲートボールをしている人たちに、同情と憐れみがうっすらと湧いて来ていた。

児童公園を出て、ホテル街の間を進み、崖に面した数奇屋風の家へ行った。この家は戦時中、農家から養子を貰いたがっていた。独り息子が戦争に出ていて、恐らく帰還できないと夫婦は考えていた。自分たちの老後を看て、家を護ってくれる子供が欲しいとのことだった。当初は先輩の雪江が行商に来ていて、そのたび誰かいないかと尋ねられた。

「福井の釈迦谷に親戚があるって、頼もしいね」

雪江は嬉しそうに言った。今でも千代乃は、あの時の雪江の白い歯を印象的に覚えている。北前船で栄えた越前三国は芦原や福井、国府のあった武生以上に文化の香り高い歴史のある町なのだと、千代乃たちは自負している。特に千代乃は回船問屋松枝一統の末裔筋だから、越前のおおかたの文化文物は九頭龍河口の三国から広まり伝わって行ったと信じている。同時に越前三大河川の上流、中流に芽生え育った独自の文化文物、さらに奈良や京都から伝播したものなどすべてが九頭龍川流域の河口、越前三国に集積しているとも三国の越前人は信じている。三国の人たちは東尋坊や越前松島の名所と同等に、時にはそれら以上の位置において、日常の生活を送っている。蓮如《れんにょ》さまほどではないにしても、一種の信仰心さえともなっている。河口近くで九頭龍川に合流する竹田川沿いの住民も同じような気概に溢れている。三国湊の繁華街からちょっと離れた崖上の千代乃や雪江たちの村では、こうした三国以外の源流としての都会への憧れが根強かったのかもしれない。〈千代の松枝〉を口ずさみながら、生まれながらの心意気が弾んできた。

「誰をやるの」

「弟が行くのよ。都会に憧れているし、百姓仕事はこりごりだって、いつも口にしているから、世間知らずのくせに生意気にね」

「別れ別れになってもいいの。独りって、本当に寂しいものよ」

千代乃の言葉に、雪江はちょっと淋しそうになった。

「どこで暮らすのも同じだもの。それにうちは兄弟も多いしな」

自分を諭しているような口調だった。

雪江の弟は新学期から福井の釈迦谷の家に貰われて行った。福井の学校は、農村の学校と違い学級数が多く、生徒の出入りも多いので、特に新参者ということで目立ちはしなかった。言葉遣いが変っているのと行動に機敏さがなく、からかわれることはしばしばあったらしい。雪江の弟は、そのことは少しも気にしていなかった。

「弟は、〈ぼく〉と言えずに苦労しているらしいの。おかずもご飯も少なく、ひもじい思いをしているようでな。一寸、思いが外れたわ」

その頃雪江は弟のためにと、三日とあけずに魚や野菜を根気よく運んでいた。弟がひもじい思いをするわけがなかった。弟に食べさせずに、何処かほかに回して金にしているのだと雪江たちは考えてみたが、そのことを確かめることはできなかった。田舎から見れば狭いが、福井で土地があり、家があることは誰が見ても頼もしいものだった。

「福井で家持になるなんて、幸せ者だよ。辛抱させにゃなあ」

会う人ごとにそんなことを言われ、雪江は自分ごとに思い、せっせと格安で米などを運び込み続けた。雪江の夫も自分の弟に財産分けをするようなものだと考えていた。実家の姉が運んでくれた米や野菜を食べさせてもらえず、空腹であっても、いずれは家ごと自分の財産になるのだと雪江の弟も考えていたようだ。人は誰でも目標や目的があれば、一通りの艱難辛苦なら堪えられる。日本人は長年、辛抱し我慢し堪えてきた。一寸、思いが外れたと言った言葉と、あの時の雪江の表情がいつまでも忘れられずにいる。

朝鮮戦争が始まって、皮肉なことに日本の経済がすっかり立ち直った。その頃は千代乃も雪江に誘われて、すでに行商に出ていた。雪江の弟が釈迦谷の家にいたところを千代乃は見たことがない。実業学校へやってくれという雪江の弟の夢は、叶えて貰えなかった。それどころか混乱した世情が収まった頃、弟は家風に合わないとかいうことで里へ返されてしまった。数年間一緒に暮していたのに、と千代乃は他家のことでも親身になって、今なお納得できずにいつまでもはがゆく思っている。

「米や野菜を運ばせる策だったのよ」

普段は豪気な雪江が烏隊員仲間の中で声を出して泣いた。

「やっぱり田舎者には都会って言うか、町は馴染めないんだよ」

そう言って、苛立ちながら雪江を慰めていたのを憶えている。

「弟があっさり文句も言わずに帰って来たのが不思議だわ。やっぱり戦争のせいよ。戦争は何もかも諦めさせてしまうものね」

あの頃の雪江は何もかも戦争のせいにして、すべての苦しみや悲しみから遠ざかろうとしていた。夫の敏夫を失った戦争を、そんなふうに大様《おおよう》寛容に許し、そんなふうに易々とは忘れることはできなかった。千代乃は、雪江のように都合のよい仕事へと、身軽に移って行くことができなかった。そのために雪江のような被害にも遭わなかった。あれもこれも何もかもみんな昔の、大昔のことになってしまった。

「野菜を持って来たよ」と声をかけ、勝手口に腰を降ろし、腰を伸ばした。野菜畑から戻り、川端に腰を休める折の安堵が巡って来る。

「若い者が温泉場に行っておりますからね。年寄りはあまり食べませんもの」

年の割には派手な洋服を着た老女が綺麗に揃い過ぎた入れ歯をかちかち鳴らして言う。

「若夫婦さんはどちらへ行かれたのかね」

「ゴルフをするとかで、芦原の方へ……」

「いいご身分ですね、ここらの人は……。ゴルフに出かけたり、朝からゲートボールをしたりしてさ。田舎の在所もんには考えられないことですがね」

「同じことですよ。その代わり田舎の人は病気をしても気丈にいられますもの。老後もちゃんと看てくれる家、家族というものがありますものね」

老女はそう言って、顔に笑みを浮かべている。

千代乃は老女の笑いを理解できなかった。

「おたくさんにも、こんな立派な家があるじゃないですか」

「田舎の人はご存知ないのですよ。この家の下の……、地面は借り物なんです。自分のものじゃないんですよ。この建物だってまだ借金がついていますしね。戦争にでもなれば、まず食べ物に窮してしまいます。農家の方はね、非常時は安心ですもの。米も野菜も、それに味噌でさえ自家生産できるのですから」

老女は歯切れよくそう言ってから、冷やした番茶を千代乃にすすめた。

今は戦時に強い農家が、どんどん減ってきている。田圃の真ん中に高速自動車道や鉄道が敷かれ、縫製工場や電気部品工場の敷地となって潰されている。食糧を海外に依存しなければならないように、自分で自分の首を絞めているみたいだと千代乃は思う。この家の主婦、この老婆は戦時中と敗戦直後には、雪江の弟を家に連れ込んで飢餓を免れた知恵者だったのだ、と千代乃はしげしげと眺めた。

最近は松枝の家でも、と千代乃は思う。畑に大豆を植えても、慎一郎たちは取り入れをしない。手伝おうともしない。一日かけて穫り入れても人件費にもならない、と慎一郎はいっぱしの知恵者のようなことを言う。子供の頃からこんなふうなことを言える利発な子じゃなかったのだが、と複雑な気持に襲われている。その分工場かガソリンスタンド、工事現場へでも一日働きに行けば、収穫の二倍、三倍の大豆が買えると言う。働き損のくたびれ儲けだと慎一郎は強調する。千代乃はなるほどとも思う。しかしもったいなくて味噌豆を畑に放っておけない。暑い日差しの中を大豆の枝を集めて歩く。来年も大豆や小豆を育てようと決めている。幾日もかけて美しい大豆の粒を集める。寒に入ると味噌を造るが、慎一郎たちは少しも喜ばない。久子は千代乃の目を盗んでは、量り売りの市販味噌を使う。千代乃の味噌は塩辛いだけだと慎一郎たちは言う。食べ物も何となく世代ごとに違いが生じてきて、会話もぎすぎすし出している。孫娘の洋子はいつ頃からかパン食だから、味噌汁はほとんど飲まない。

「孫娘がいずれレコードを出すんですよ。出たら一枚買ってやって下され」

千代乃は多少気取った口調で言った。

「どうせ今ばやりの歌でしょう。流行り歌はどうもね。誰でもレコードを出す時代になってしまいましたね。戦前が嘘のような時代になりましたもの。誰でも海外旅行に行くようにもなり、世の中がすっかり変わっちゃいましたよ。時代のせいでしょうかしらね」

老女の歯がかちかち音をたてている。

千代乃は雪江や雪江の弟を可哀想に思った。雪江たちは老女の資産を、狭いながらも土地持ちの家柄と思い込み、弟を養子に出したのだろう。裏があるのを知らずに、表の伊達姿に目が眩んだのだと千代乃は思った。

「流行り歌でも人さまが喜んでくだされば……」

千代乃はちょっと腹立たしげに言った。普段はよく思っていない洋子の歌を、こんな時にはいつも孫娘の肩を持つ自分がおかしかった。

「レコードの予約はたくさん取れていますか」

「レコードはまあまあだね。リサイタルとかが人気で、これからが楽しみだと言って、力を入れて下さる方が、大勢さんいるみたいでな」

「ふうん、でも松江の里じゃ、ご苦労だね。田舎にいたのでは、お嬢さんも何かと不便でしょう。よければこの家を根城に利用なさってはいかがですか。松枝さんとは長いお付き合いで、それこそ遠い親戚以上ですもの」

老女はそう言って、にやにや笑った。

千代乃は、そうはいかないぞと心の中で思った。

「ありがとうさん。レコードを買って貰えるだけで、もうそれで結構だよ。雪江さんの弟みたいにな、何年か後にひどい仕打ちをされたら、孫娘が可哀想だからな。あんたさんとの取引はこりごり、ごめんだね」

千代乃は何気ない様子を装いながら、下腹に力を込めて言い、老女にグサリと皮肉の矢を放った。その後で目の利く老婆がこのようなことを口にする状況なら、戦争が間近に勃発するのだろうか、と千代乃はぞっとした。

「いい弟さんでしたよ。でも最後まで都会の生活には馴染めなかったわね」

「今はお隣の丸岡の城下で塗装業をやっていて、みごとに成功しているらしいね」

「それはよござんした。慣れられるまでにはご苦労があったでしょうね」

関心のなさそうな相槌だったが、言葉にはさすがにそつがなかった。千代乃の言い分を聞いた相手の老女より、自分の方が一方的に傷つくので、もう二度と雪江の弟の話はしまいと心に決め、〈千代の松枝……〉を心の中で歌って、意識的に忘れようと努めた。

「初物のナスはいかがかね。七十五日、長生きできるっていうからな」

「八百屋のお茄子はもう何度か食べましたけれど、松枝さんの茄子の初物はありがたいですわ。二個、下さいな」

「隠元豆もおいしい時期でな」

茄子と隠元を老女に渡した。この家に雪江の弟がいてくれたら、行商をするにもどんなにか心強いだろうのに、と千代乃は思った。ゴルフに出掛けた若夫婦はどうせ二人とも養子養女なのだろうが、一体どんな関係で居ついたのだろう。老婆にしても実の息子を戦死させたのだから、考えてみれば不幸な人だと千代乃は思った。今までにこんなことを考えたことはなかった。黒い風呂敷で籠全体を包んで、数寄屋造りの家を出た。隣接の背高なビルに東側を覆われて、屋敷には朝日は射さなかった。

狭い土地に六階建の建物が建っている。そこの家主は二年半ばかり前までは、製本所をやっていた。一階は工場になっていて、糊付けされ背を板に挟まれた本が堆《うずたか》く積まれている。鉄製の階段をふんばって上り詰めたところに玄関があり、ニス塗りの木の扉があった。それは安アパートの戸口に似ている。

モルタル塗りの壁にブザー用のボタンが取り付けてあった。気取った雰囲気はなく、気さくな感じが漂っている。癌病みの夫を亡くしたあと、気丈な未亡人が階下の製本所を経営していた。経理を公開しているので、職人は無理を言えず、また立ち去る不義理もできずに困っている。近年書籍は視覚に訴えるものが多くなり、写真や図版をふんだんに取り入れ、厚手の紙を使用しているものが増え続けている。小企業の製本所では、そのための大型機器を据え付ける財力がない。最新の大型機械を備えなければ、いっぱしの注文も貰えない仕組みになってしまった。仕方なく旧態依然として文庫本の製本を第一の業としている。それも勢いのある流れではない。資本力のなさは競争力のなさにも一致し、零細な製本所は大企業に吸収されるか、倒産するかであった。

女社長は代々続いて来た製本業に見切りをつけ、土地を担保にして六階建てのこざっぱりしたビルを建てた。一階、二階を貸店舗にし、三階から五階までを貸しマンションにした。六階を自分たちの住まいとして利用している。六階は日照権の関係で五階よりかなり狭い。西側の半分が切り落とされた形になっている。六階は二間と少し広めの居間しかない。その他には身動きも十分にできない台所と、形ばかりの風呂場と洗面所が申し訳ていどに付いている。

未亡人と若夫婦、それに女児が一人の四人暮しである。製本所を取り壊した時、それまで使っていた古い大型の家財道具は全部廃棄処分してしまった。狭い場にふさわしい小型の家具を新調して、身軽にならなければならなかった。若夫婦は小綺麗になるのを非常に喜んだ。食卓用のテーブルは、使わない時は折り畳んで部屋の隅に置けるものを買った。食事時になると空飛ぶ大鳥のように両側に翼を広げるものだった。

千代乃は居心地の悪い気持でエレベーターの釦を押した。扉が閉まると天井に嵌め込まれた換気扇がかたかた音をたてて動き出す。扉の外に誰かが慌てて近付いた気配を感じる。千代乃はエレベーターに乗るといつもこんな気持になる。人をおいてけぼりにし、自分だけがこっそりと、卑怯にも上がって行くように思えてならない。水際で溺れかけている子供を見ながら、素知らぬ顔で通り過ぎるような不快な気分に襲われる。始動する時の機械のせいだと判り、ほっとした気持でエレベーターを出る。エレベーターホールの隅に太いゴムの木の植木鉢が置いてあった。ゴムの木は途中で幹が切り取られている。派生した小枝が何本も太い幹を越えて、自由に伸びている。主人を亡くした家の姿をそのままに表わしているように、千代乃は思った。家を継ぐべき芽は、切り取られたすぐ近くに、細く弱々しく葉も小さく伸びている。切り落された幹の切り口を目にして、またぞろ雪江の弟のことを思い出してしまった。

正面のプラスチックの表札には若夫婦の名前が書かれていた。女社長の名は反対側の、勝手口兼非常口の方に小さく出ている。家の中は一つでも顔は二つだった。一枚のプラスチックに纏められないのが戦後の悩みであり、この家の姿だと千代乃は思う。

女主人は赤い縦縞の入ったスポーツシャツを着込み、白いスラックスをはいていた。千代乃は日本手拭で額の汗を拭き、時候の挨拶をした。女主人はスリッパラックをさらに隅に押しやり、荷を下ろせるように場を広げた。靴脱ぎと床との差があまりない造りなので、千代乃は荷を下ろすのに一苦労だった。靴箱の上のガラス製の鳥の置き物に荷を当てないかと気掛かりだった。

「今日は、何を持っていらっしゃったの？　ずい分重いわね」

女主人は手を貸しながら言った。

「じゃがいも、カボチャ、トウモロコシ、重いものばかりさ」

「年を取ってから重いものを運ぶのは大変ね。私なんかも二、三年前までは、重い本を一日中あちこち動かしていて、大変だったもの。腰が痛むほどだったわ。でも今は嘘みたいに楽ですよ。下の事務所で電卓のボタンを叩いたり、家賃を集めたり、税金を支払ったりしていれば用が足りるんですよ」

「そりゃ奥さん、これまでの苦労があったればこそのことで、なあ」

「それはそうだと私も思います。主人はご先祖さまのお蔭だといつも感謝しておりましたわ。でも息子夫婦はそうは言いません。こんなだったら、もっと早くにこうすればよかったなんて、不満ばかり申しております」

「今どきの若い人は、みんなそんなだよ。うちの若い者だってそんなだもの」

千代乃は女主人を慰めるように言った。黒い風呂敷を解き、野菜を手に取って見せた。

女主人は緑濃いざらざらしたトウモロコシの葉を避けて、軸のところを掴んでいる。茶黒い毛がふわりと揺れて、茄子を撫でているようだった。

「今日はこれだけでいいわ」と、女主人は小声で呟くように言った。

「これは初物だよ。サービスって言ったかね、こんなの……」

「丹精込めて作ったものをただでいただくのは、ちょっと気がひけるわ」

女主人は財布の口を開けたまま、坐っていた。

「初物だもの。今年もお天道様のお蔭で、茄子もりっぱな実をつけたものなあ。有り難いことでな。これもお裾分けの、サービスだよ」

「それは有り難うございます。さっそくご先祖様にお供えしますわ」

女主人は茄子を手にして、なかば上気しているようであった。襖の向こうでリンの音がした。膝元の新聞紙の上のトウモロコシは投げ出されているように見えた。千代乃は女主人にこんなに喜んで貰えたことを、とても嬉しく思った。地元では嫌がられている野菜の小口栽培も、こうして町の人に喜ばれる瞬間は、この仕事を続けて来てよかったと感激している。やはり大豆を植え付け、枝付きで持って来ようと心が躍った。

若夫婦は女児を保育所に預け、三国町の中心部の経理事務所に勤めている。二人とも同じ時間に同じ所に行き、夕方同時に退勤して来る。製本所を経営していた頃の、女主人の友人が一年ほど前に事務所を開いた。二人は勤め始めて半年ぐらいになるが、まだ二人で仲良く出勤している。製本所の時も年がら年中、四六時中一緒に行動していたので、それが習慣化してしまったのだろうと女主人は説明している。彼らは深夜まで働くことはなくなったらしい。

「この辺りはすっかり静かな町になってしまったね。町工場などもずい分姿を消したし、ここの住人も中心部や町の周辺部に出て行くし、寂れてしまった」

千代乃は公園で老人たちが、ゲートボールをやっていた静かな情景を思い浮かべていた。過密都市福井でも、人々は高層ビルやその周辺に密集し、他の多くの地域は森閑としている。住宅地は日中でも通りには人影は疎《まば》らである。

「六階で一人で昼食を摂っている時など、子供たちや孫が遠くへ行ってしまい、もう戻って来ないような気がすることがあるんです」

「こんな高い所じゃ、下の街を見下ろしても淋しくなるばかりだろうからね。その点で言えば、みんなして一緒に働いていた前の仕事場はよかったなあ」

千代乃は野菜を片付けながら言った。

「言い争ってもいいから、息子たちと一緒にいたかったですね。一人でいるって本当に寂しくて辛いことだものね。時々自分でぞっとすることがあるのよ。眼下の道路に通行人がいるだけでほっとすることがあるんですよ」

女主人は新聞紙ごとトウモロコシを抱えて話していた。

「夜は一緒だから安心でしょう」

「それがねえ、息子たちは夕飯を食べ終えると、自分たちの部屋に籠ってしまって、出て来やしませんもの。居間を挟んで両側に部屋が別れていて、お互いに相手の部屋に入らないことになっているんですもの。変な家でしょう」

「お孫さんは、両方の部屋を行き来するってわけかね」

「孫だって最近はノックをすることを覚えましてね、……滅多に来なくなりましたわ。親の差し金かも知れません。何て味気ない家族でしょう」

「それは年寄りの僻《ひが》みですよ。そんなふうに思うなんて、やはり思い過ごしですよ。これからの日本は戸を叩くのも洋風になるんだね」

「こんなコンクリートのビル生活になってから、こんなふうに考えることが多くなりましたよ。息子夫婦は不自由はしていない様子で、今の生活を喜んでいるみたいですね」

「三代が一つの屋根の下に暮しているって、おたくは近所で羨ましがられていますよ。

だんだん核家族っていうんですか、そっちの方へ」

千代乃はそう言ってから、家の中は外見では見透かせないものだとつくづく思った。エレベーターホールのゴムの木や表札を思い浮かべていた。

製本屋が忙しく繁盛し、人手が足りなかった折、雪江は弟を雇って貰おうと本気に考えていた。男の子は、ああして真面目に力仕事をしておれば、しっかりした所帯が持てると力説していた。雪江の元気な勢いのある声が千代乃の耳奥で響いている。雪江の弟は、たとい製本屋に仕事口を得ていても時間の問題で、結局はお払い箱になる運命だったのだ。この土地は雪江の弟には鬼門、不適な天地だったのだと思った。


松枝千代乃が釈迦谷《しやかだん》の路地を歩いていると、生垣の向こうから声をかけられた。両膝に手を宛がって、近付いて来る足音を待っていた。生垣のある家は絵描きの家で、先代は医者をしていた。先代が亡くなった時、隣町の寺で葬儀が行なわれた。千代乃も荷物を山門脇に置いて線香を上げた。

夏の日に当たり、吐き気がして病院の門柱の前に佇んでいると、心がなごんだ思い出がある。患者から聞いたと言って飲み薬を届けて貰ったことがあった。院長の息子が、医学専門学校に行きたくないとごねていた頃だから、ずい分昔のことである。

「日中は木陰で休んでいて、歩かない方がいい。お天道さまはすべての有難い薬じゃが
の、日中のお天道様は体に毒だから……」

そう言って先代は待合室で休ませてくれた。千代乃は待合室にいる大勢の患者たちを見て、自分が病んでいない事実を幸せに思った。子供たちや老いた姑《しゅうとめ》のために、元気に働かせてくれているのだと、その時から考え始めた。強い日差しが吐き気を催させることで、ややもすると後家の苦労を愚痴に思っていた。それを間違いだと気付かせてくれたのだと、あの時自分ながらに悟った。その後も時々病院に行き、野菜を買って貰ったりしたが、そんな時は必ず玄関脇の待合室を覗いたものだった。長椅子にたくさんの病人が坐っているのを見ると、反射的に自分の健康が保障されたかのように思い、安堵を覚えた。

息子はとうとう医者にはならず、相変わらず絵を描いて過ごしている。息子の代になってからは、あまり出入りしなくなった。どことなく息詰まる空気が広がっているように思えて、伺いづらかった。

猫と鈴虫

昨日のように思えるこの前の訪問だったが、その間に何もかもみな移り変ってしまったように思われた。この前の影はもっとくっきりしていて、溌剌《はつらつ》としていたと思う。孫が大きくなり活躍するにつれて、自分は体が弱りあちこち調子が悪くなっているように感じている。それにしてもこれまでよく頑張ってきたとも思い、大いに安堵した。

「奥様がお呼びです」と、見下ろすような恰好で、若い女が千代乃に声をかけた。こちらです、と少し前を歩きながら、待ち切れないように幾度も早口に促した。二人は伸び放題になっている庭木の間を、玄関の方へと進んだ。自分たちの影が車廻しに落ちていた。勝手口の方へ廻ろうとしたら、若い女が玄関の方へと案内した。医院だった頃とは部屋の使い方がずい分違っているのだろうと、その時ふと思いついた。勝手口の奥の庭で何匹もの猫が争っているらしい鳴き声が不気味に聞えている。

「猫を飼っていなさるのかね」と千代乃はぎごちなく言って、緊張していた。

「先生が……」と、女は言って後を言わなかった。真鍮《しんちゅう》のノブを引いてドアを開けると、湿った糞尿の臭気が家の中から吹き出てくるのを感じた。千代乃には嗅ぎなれた匂いではあったが、この家にはかつてはなかった匂いだと瞬間思った。昔はクレゾールの匂いが柱やドアにも染み付いていたし、白衣の白さが目についたのに、今は薄暗い廊下にも待合室だった部屋の壁や柱にも、額や描きかけの絵が乱雑に押し立ててあった。

「奥様、千代乃松枝さん、おチヨさんを呼んで参りました」

女はそう言って、慌ただしく奥の部屋に姿を消した。

千代乃は感慨深げに辺りを見回していた。時間がすべてを解決し、何もかも変えてしまうのを目の当たりにする思いだった。女行商をしている間に長い時間が過ぎて来ている。

「松枝さん、千代の松枝さん、新鮮なお茄子、あるかしら」

ネグリジェのような、千代乃には名前の知らない派手な服を着た女が出て来た。医者にならなかった道楽息子の連れ合いだと千代乃は思った。それにしても彼女たちが自分の名前を知っているのが不思議だった。

「初物を持って来ているよ。いい色をした茄子ですでな」

「主人は茄子は描かなくってよ」

「そうでしたか。そりゃ、わての育てた茄子は味もいいでな」

「二十ほど下さいな。値が張ってもかまわないわよ、初物なら……」

「二十もかね。そんなにはないな。初物は少しずつ分けて食べるのがいいさ。みんなの家へ配って来たから、残りいくつもないな。絵描き先生と半分こにして食べたらいい」

ぎごちない口調がまた気になった。丹精して大きくした初物を、こんなに求められるのはとても嬉しいことだった。一軒の家に二十個も分ける気はもともとなかった。

「うちはたくさん必要なのです。八百屋さんのだと新鮮さが失われているでしょう、どうしても。松枝さんのは真新しいものねえ。昨夜主人と話していて、行商の松枝さんのことを思い出したのよ。私は存じていなかったのですが、主人は昔から存じ上げていたらしく、ぜひお願いしてみろって申しまして……。亡くなったお父様が千代乃松枝さん、……おチヨさんとおっしゃって、とても懇意だったとか。おかしな、お父様でしたわね」

「昔のことだね。旦那様にはいろいろと、ようして頂きましてな、ありがとうさんに思っていますわの。息子さんはお医者様にならないで、絵描きさんをしておられるんだって、なあ。茄子や林檎を描かない絵描きさんかね。何を描きなさる絵描きさんかね」

「主人は画家ですわ。絵描きとは違います」

荒立った女の返答に、千代乃は少し驚いていた。

「おなじだろうがね、どっちも……」

「大違いですわ。作家と物書きとは大分違うでしょう」

「わてにはどちらも同じに思われるがね」と、千代乃の声が玄関に響いた。

「お茄子を二十個、あの子に売ってやって下さい。新鮮なのを……」

女は肩をいからせて奥の部屋へさがって行った。絨緞《じゅうたん》が吸った埃が女の足元に舞い上がっているようだった。奥のドアを開けた時も、奥の部屋の明るい光が漏れて、埃の舞っているのがはっきりすけて見えた。先ほどの若い女が戻ってきて、千代乃の傍らに腰をおろした。千代乃が荷を解くのを珍しそうに見ている。画家の世代になってから、ほかの行商人も出入りはしていなさそうだった。

「二十も要らないだろう。漬けても一夜で食べるのが美味しいからな。色もいいしね。生ものだからたくさんは要らないだろうさ。みんなして半分こして……」

「鈴虫にやるんです、四つに割って。十五は必要です」

「なに、鈴虫じゃと……」と、千代乃は若い女を睨みつけて叫んだ。

「初物の茄子を馬鹿にしくさって……。鈴虫なんぞにやれるものかい。他に差し上げたいお宅がたくさん、あるのに……」と言って、荷を纏めにかかった。

「売って下さらないと私が、また叱られます」

「叱られたらいいだろう」と千代乃は駄々っ子のように言い、「誰が、初物の茄子をやれるかね、ばかばかしい！」と声高に付け加えた。

「奥様は新鮮な茄子を食べさせて、鈴虫を大事にお育てになる。それはいいことだと思います。松枝さんの大切な茄子を何百匹もの鈴虫が喜んで食べるのですよ。うちの先生や奥様が文句を言って食べるより、ずっとすばらしいことだと思いますけれど」

女はそう言って十個だけでもぜひ分けて欲しいと、頭を下げて懇願した。丁寧さの中に気品を感じさせるものがあった。使われているだけの人ではないように思った。先代の先生から受けたご恩に免じて、初物を十個だけ分ける気になった。千代乃はいつでも無意識に気品や歴史を偲ばせるものがあると、ついほろりと考えや振る舞いを変える癖がある。そんな時は必ずと言ってよいほど清々しい気分になるのだった。

「面白い人たちの集まりだね。鈴虫にやる茄子をわざわざ烏部隊の女行商人から買うなんて、やはりどこか狂っているわなあ。まあ、いいだろう」

若い女は茄子を受け取ると、安心したようにぺらぺらと話し続けた。自分はまだ幸せな方で、先生の弟子の正夫君は可哀想だと言う。正夫は二年ほど前に、先生の弟子となってこの家にやって来た。弟子の仕事はまずアトリエの掃除、整頓から始まる。本格的な絵の勉強は二年経った今でもさせて貰えないでいる。この頃は正夫も先生の信頼、特に奥様の信用を得て、先生の画材の吟味に力を注いでいる。

先生は〈猫先生〉と言われ、猫の絵しか描かない。アトリエだけでなく、家中どこにでも猫の剥製が置いてある。先生はこの頃シャム猫に凝り、半月に一度ぐらい越前三国の犬猫店に行き、気に入ったものがいると、後先のことなど少しも考えずに買って来る。数えたことはないが、十何匹いるか分らない。先生は飼い猫が死ぬと丁寧に葬り、戒名まで貰って手厚く供養する。飼っていた猫は決して剥製にはしない。動物ばかりを供養する足羽山の麓の墓地に、猫たちの墓がある。猫が死ぬと先生は涙を流して悲しんだり、気を乱したりする。家中の者が山寺へ出かけて、僧侶に猫のために経を上げて貰う。

「供養することはいいことだよ。猫畜生であっても、若先生やあんた方とも深い因縁あって、こうして一緒にこの世で暮していたんだもの。現に一緒だろうがね」

「度を越してますよ。先生のお父様やお母様の法事はなさったことがないんです。私たちはまだこの家の願い寺さえ、どこにあるかも知りません」

若い女は口を突き出して、日頃の不満をいっきに吐き出している感じだった。

「法事は何十年に一度になってしまうからね、三回忌のあとはどんどん間遠くなるからなあ。法事に出合わなくても何の不思議もないでな」

千代乃は、やはりこの子は今どきの若い子とは、一寸生まれ育ちが違うなあと思い、自分の見立てに狂いはなかったと自信を持った。女が次々と夢中で話しかけてくるので、荷物を背負う折がなかった。先代の先生の暮しとはずい分違うなあ、と千代乃は思った。この家の変りようは尋常ではないが、自分の息子たちの生活にしても、隣近所の暮し方や親子のあり方も、そして日本中がおかしくなってしまっている。寂しいと言うより、呆れるほどだと千代乃は思う。今では村の者も近くの町へ自動車で出かける。並みの大人は大抵一人が一台自動車を持っている。庭先は自動車で埋まってしまい、道路はどこの道も狭くなってしまった。村も町も変ってしまった。町と村の差が縮まってきている。建物は町の方が異常なほど高層化しているが、生活そのものはほとんど同じになってきている。それぞれのよさが失われて、面白くないと千代乃は思う。千代乃は久々に早く米寿、さらに百歳になりたいと思った。

「鈴虫を大事になあ。猫様にも初茄子をくれてやりな」

皮肉交じりに言ってから、荷物を担いだ。少しずつ野菜などを売り捌いても、時間とともにその分、体が疲れてくるから、考えているほどには軽くも楽にもならない。若い女が気をきかせてドアを押してくれていた。千代乃は礼を言って、戸口を出た。勝手口の方では、まだ猫が騒いでいる鳴き声が聞えていた。

上品な仕草のもとで不平不服の多い若い女が下手な目配せをして、千代乃を勝手口の方へ案内した。勝手口の奥には庭が広がっている。先代の頃は前庭と同様に手入れが行き届き、ひっそりと広がっていた。都会の庭を羨ましく思ったことがある。田舎の庭は石こそ立派だが、大きいだけでぴりりとしたところがない。樹木も田舎の庭は山から持ち込んだものが多い。都会の庭石は小さいが芸術的で、庭木も珍木名木が多く、一つのそこだけの世界を作っている。背高な庭石の上へコロビチカを下ろした。

庭の隅の百日紅《さるすべり》の木に猫が登っている。大枝の端々に二匹のシャム猫が対峙して、先ほどから唸り合っている。納まる切っ掛けもなく、許し合う余裕も見出せない様子で睨み合っている。たかが猫の睨み合いと目をやったが、見上げた途端、凛々しい雰囲気が漂ってきた。芝生の上では正夫が真剣に猫の餌を皿に入れてやっている。どこからともなく数匹の猫が集まって来て、ぴちゃぴちゃミルクを舐め、肉を食べている。一メートルおきぐらいに置いた皿に、正夫が肉汁をかけて回っている。

「小母さん、あの猫の食べている肉ね、あれは……」

若い女が独り言のように言った。奥様に言いつかって肉屋に出かけ、上等の肉と並みの肉を買って来た。上等の肉は肉屋に特別に注文してあったらしく、店員がわざわざ奥の冷蔵庫に仕舞っているものを出して来てくれた。量も多くて並みの肉の何倍もの代金を支払って、彼女は浮き足立てて帰って来た。

「正夫さんに、今日はご馳走よって言ったら、正夫さんはただにやにや笑っていたのよ。しょっちゅう食べている人は、気負いがなくさすがに違うなって思ったわ、あの時」

女は憎々しげな声で訴えるように言った。「それがですよ、何と私たちが食べたのは並みの方だったのよ。小母さん、上等な肉は全部猫の餌だったんです。悔しいったらありゃしない。猫は食べ切れなくて残したっていうのに、私の方はちっとも食べた気がしないほどしかいただけなかったわ、忌々しい」

「猫は普通、健康なら食べ残したりはしないんだがね」

「あの時は本当に残したんですよ」と、若い女はむきになって言った。

「先生様や奥様はどちらの肉を食べなすったかね」

百日紅の枝にいるシャム猫に目をやりながら尋ねた。

「私たちと同じものを食べておいででした」

「それじゃ、いいじゃないかね。文句は言えねえなあ。平等だから悔しいことなんかないだろうがね。先生様や奥様が上等な肉を食って、お前さんらが猫と同じ並の肉を食わされても、それでも使われもんは文句は言えんがね。ちょっと腹も立つだろうけれど」

絵描きの態度が少しは理解できるように思った。初物の茄子を鈴虫に与える奥さんの気持も解るように思った。自分が経験した先ほどの苛立ちと同じ種類のものを、若い女は何か月何年経っても、まだ許せず理解もできずにいるのだと思った。

「小母さん、そんなことおっしゃっても本当に腹が立ちます。肉を買いに行った人間の気持はどうなりますか。猫の面倒を見ている正夫さんとかも」

若い女は、正夫だって癪に障ったと言っていたと付けたし、自分だけの勝手な言い分ではなく、仲間がいることを強調した。

「それは、自分勝手な早合点というものだな。会社の給料を計算する係が、今では経理って言ったかな。その係の人が銀行へ、何百万円っていうみんなの給料を取りに行く時とおんなじだよ。自分はほんのちょっぴりしか貰えないと言って、腹を立てるのと似ているね。肉を買いに行くのも仕事、上等の肉を猫の餌として与えるのも仕事のうち。そんなことで腹を立てていたら、幾つ腹があっても足りんがの」

千代乃は腰を伸ばし、静かな口調でそう言って女を宥《なだ》めた。

「それとこれとは違います。私たちの場合は相手が猫ですよ」

「そうかね、猫だと違うかね。でも先生様にとっては、猫は絵の対象で、きっと神様みたいな存在だよ。お医者様をなすっていた先代の法事は小刻みになさらなくても、猫は手厚く葬りなさるわけさ。正夫さんは、その間の事情が解ってきて、まだ絵の具も持たされないでいるのに辛抱なさっている。感心なことだね。うんと今のうちに我慢して辛抱なさることだね。今が一番いい勉強をしているいい時期だって、教えてあげなさいよ」

千代乃は孫娘の洋子に聞かせているような気分になっていた。孫娘は歌い手になりたいと言っているが、千代乃は心から反対している。

「正夫さんは私が来てからは、私が肉の買出しをするようになり、仕事が半分に減って、もう楽をしているもの」

「じゃ鈴虫に初物の茄子を食わせる奥様の態度は、理解できて許せるかね」

「茄子ですもの。初物って言っても、たかが茄子でしょう」

若い女は冷静さを取り戻し、にっこり笑いながら言った。

千代乃は両膝を少し曲げ、女を睨《にら》み上げた。すぐに睨む力は薄らいだ。今どきの若者は肉には憧れるが、茄子やかぼちゃには見向きもしないのだと思い直した。自分が惨めになるような、茄子の例を言い出した自分を、考えが足りなかったと思う。でもいつかこの子は猫も鈴虫も、そして牛肉も茄子も同じような関係にあることが解る日が、必ず来るに違いない。年を取るってことは、どうもそのようだと思った。

「正夫君、百日紅の上の猫を仲裁して、お食事をさせなさいよ。急ぎなさい」

先ほどの奥さんの金切り声が聞えてきた。

正夫は肉鍋や大きなスプーンなどを、平らな庭石の上に置いて、百日紅の方へ急いで走った。彼は百日紅の木を登るのも上手になっている。勢いをつけて、幹の分れた所までいっきにかけ登った。分れた大枝に足を掛け、両手を広げて大の字になって、徐々に上り詰めて行く。猫はまだ見合って唸っている。

「この前も、もうずい分前になるけれど、やはりあの百日紅の木に登った猫を下ろす時、どんなに丁寧に誘っても、静かにお願いしても一向に聞き入れてくれる気配がないので、正夫さんはついに腹を立てて、竹竿で猫を叩き落したんです。小気味よかったわよ、小母さん。あの時は胸がすっとした。高い小枝から落ちて行く塊《かたまり》が今でも目に映るわよ」

女は自分の言葉に酔っているようだった。

「そんなことがあったのかい。今日は竹竿を使わないのかな」

千代乃は正夫が大の字になって双方の猫に何か話しかけながら、喧嘩を仲裁し、食事に降りてくるように諭している姿を、目を細めて眺めていた。

「この前竹竿を用いて猫を叩き落したら、先生が激怒されて正夫さんを平手で数限りなくはたかれたのよ。ひどい仕打ちだと思いました。普段は優しい先生がですよ、人が変ったようでした。猫を侮《あなど》ったと仰って、それはそれは……」

「先生さまは、よほど猫を大事になさり可愛がっておられるんだね」

「奥様は見ていらして、止めに入る様子もありませんでした。先生は火がついたように怒り続けていたのです。それ以上我慢していられずに、私は先生と正夫さんの間に止めに入りました。私なんか、先生の一突きで部屋の隅に投げ飛ばされてしまったわ。あんなに痩せた華奢な先生だと思っていたのに、意外や意外、気違いのように真剣な時は怖いものですね。迫力があったわよ。気に入らないけれど、先生には何か大切な使命をお持ちのように、あの時は思いました。正夫さんもこの家を逃げ出そうとしていたのですが、結局目に見えない先生の魅力に引き留められてしまったわ」

女はそう言って、長い溜息をついた。

「それじゃ、それでよかったじゃないかね」

「でもね、小母さん、二年が過ぎても絵筆一本持たせて貰えないなんて、悲劇ですよ。細くても微かでもいいから、先の光が見えなくっちゃ」

「そうじゃないんだよ。今の世の中が狂っているんだよ。心の仕度も、腕の修行もなくて、今はいきなり絵を描き、曲を作り、詩を詠うだろう。間違っているよ。こんなじゃ本物はできっこないもの。何でもすぐ銭っこになり、誰でも騒がれて人気が出る。生徒は勉強もせずに学校に行く。楽ばかりしくさって……。今に国中のもんが、泣きべそかくことになるさ。昔のことも忘れて、いい気になり過ぎているよ、……日本中だよ」と、千代乃は意外に興奮し、〈千代の松枝……〉を歌っているように見えた。

「あの時先生は、猫のお陰で今日の地位があるのだと言って怒鳴られた。そんな恩義のある猫を粗末にしてはいけないって……。猫は、どの人間よりも正直だって。猫は犬みたいに主人に媚びたり、諂《へつら》ったりせず気品があって自分の世界を生きているって。何とも言えぬ清々しさがあるんですってね。それを絵に描けるように目を養いなさいって……。私なんかまだ猫の傲慢さしか、分っていません」

「りっぱな先生じゃないの。さすが先代のお医者様のご子息様だね。ただの道楽もんだとばかり思っていたけれど、なかなかなもんじゃないかね」

千代乃はほのぼのとした嬉しさに包まれていた。

「千代乃松枝さんは、先代の先生に大事にされたんですってね。そんなこと伺っていたから、最初からただの他人のようには思えなかったんですよ。松枝さんなら、こんな話も何となく解って貰えるような気がしていたんです。でも窘《たしな》められたみたいね」

正夫がようやく一匹のシャム猫を腕に抱え込んで、百日紅を降りて来た。他の一匹も静々と正夫のあとを、滑らないように爪を立てて降りていた。

若い女は肩で息をしてから、勝手口のドアを開けた。壁に猫の絵が肖像画のように幾枚も吊るしてあった。本物の猫が死んでしまった後も、描いた猫はいつでも生き続けているのだと千代乃は思った。尻尾を宙高く上げているシャム猫の絵の隣に、駅の階段を登って行く〈鳥部隊〉の大きな写真パネルが掲げられていた。外から差し込む光の具合もあったが、全体的にくすんで見えた。ご本山の襖に描かれた開祖さまの絵伝を見ているような錯覚に陥っていた。縞模様に差し込んでいる日差しが、沙羅双樹の木立のように広がっている。前後、左右に立てかけ並べられている大小の額縁が奥行きのある森の雰囲気を醸し出している。中央の大きな額には三国神社《みくにじんじゃ》の狛犬のような格好で、黒いシャム猫の凛とした姿が描かれていた。千代乃は無意識に両手を合わせていた。

「ねえ、お姉さん、……」と、千代乃が若い女に声を掛けた。

「まだ、何か」と、女はドアの向こうから怪訝な顔で振り返った。

「これを先生に渡して欲しいんだよ」

千代乃は、そう言って笑顔を作り、手作りの名刺を女に渡した。電子部品を作る町工場が作業員を募集している広告紙の裏を張り合わせたものだった。〈私は松枝洋子の祖母です　女行商＝烏《からす》部隊の一員　松枝《まつがえ》＝千代乃松枝〉と書かれていた。その裏面にはやはり鉛筆書きで孫娘が出す予定のレコードの曲名などが書き込まれていた。鉛筆の芯を舐め舐め書いたのか、艶のある紙に濃淡のある字が踊っていた。

リサイタル

松枝千代乃は野菜や米などを売りつくし、軽くなった籠を背負って釈迦谷の駅へ急いでいた。自分が手塩にかけた野菜などを、ひとつも残さず売り捌くことは喜びのある仕事だった。恩人の雪江のように町の工場へ行き、スポーツウエアを縫製することにも作る喜びがあったに違いない。同じ喜びでも質が異なるように千代乃は考えている。

〈洋子は息子の慎一郎の血を強く引き継ぎ、娘の貴子にも酷似だ。誰が何と言おうが、あの子は、嫁の久子の子というよりは、わての孫と言った方が分かりいいのさ〉

千代乃は地下足袋を履いた足に力を入れた。雪江たちの家には洋子みたいな歌い手は出まい、と誇らしげに思う。広告紙の白い裏紙を張り合わせて作った名刺を、心の置ける家々に置いて歩いた。洋子の歌の入ったレコードが出たら、一枚でも買ってやって欲しかった。千代乃は洋子の歌を少しもうまいとは思っていない。洋子の心が少しも伝わって来ないように思う。頭の芯から叫ぶような甲高い声で歌うだけだと思っている。

洋子がまだ高校生の頃に、一度だけ歌うのを見に行ったことがある。千代乃は上等の箇単服を着せられ、落ち着かない気持で福井の会場へ連れて行かれた。他の女の子もそうであったが、洋子は肩をあらわに出し胸元を大胆に開け、短いスカートをはいていた。赤や緑の光の束がくるくる投げ掛けられていた。娘たちは踊りが中心みたいで、歌はほんの掛け声みたいなものだった。踊り子まがいの孫娘を可哀想に思い、千代乃自身は情けない思いをしていた。越前三国音頭を手本に振り付ければよいのに……。舞台を走り回っているだけで、少しも美しいとは思わなかったし、楽しい気分にもなれなかった。

「おばあちゃん、歌手よ、シンガーなんだからね。ダンサーじゃないわよ」

洋子は千代乃のいう踊り子という言葉が気に入らなかった。

「どっちにしても、あんな恰好で恥ずかしいことをしているね、……だろう」

テレビなどでは放蕩な若者が朝から晩まで、晩から朝まで碌に仕事もしないで時間を潰している。孫娘もそんな戦後の大きな渦の中に巻き込まれて、あぶくのように押し流されているのだろうかと不安だった。洋子たちのあのような歌や踊りがはやり、いい若者がお金を出してまで、見に行く気心が知れなかった。

「おばあちゃんは古いのよ。時代の流れを知らないのよ。そりゃ無理よね。父ちゃんたちだって、本当の価値なんか、解っちゃいないんだから」

洋子にそう言われると、千代乃は解らないのが当たり前だと思う。解らないにしても、何か一つくらい心を引くものや、胸を打つものがあってもよさそうだと思う。今、孫娘がやっていることは、自分たちが時を忘れて没入しているだけで、他人や観客を一緒に引き込むものを持っていない。無理もないことだと千代乃はつくづく思う。たった一つのことだけに一生を投げ打つ生き方が、今はできなくなっている。あれもこれも何にでも手を出し、足を運ばなければならない仕組みになっている。現金がなければ生活ができない世の中になってしまっている。昔は金が無くてもりっぱに暮せたのにと思う。今は一つのことにじっくり腰を据える暮しは、どこにいても許されないから可哀想だと思う。

〈自分がいいなら、それでいいだろうさ〉

千代乃はいつだって最後にはこう言って、問題を終結する。それでいて戦後は、慎一郎にしても久子にしても、その自分がないのだから情けなくなる。肩紐に手を掛けながら、洋子が高校生のあの頃と、二十歳になった今と、何にも変ってはいやしないと思っている。それでもこの二、三年で少しばかり世間ずれし、要領よく身熟《みごな》しをするようになったのではないかと、それはそれで心配し始めている。

今日のリサイタルとかいう孫娘の発表会も、慎一郎と久子が相当な金を出して開催するらしい。何回開いたかが実績になるらしかった。一回目に何人来たとか、二回目にはどういう評価を受けたとかは、二の次の問題らしい。もちろん大勢が押し掛け、反響が高いに越したことはない。数回のリサイタルの経験を持てば、運がよければようやくレコーディングを請け負う会社も現われるらしい。また実費を負担すればレコーディングを最初から引き受けてくれる会社もあるらしい。レコードが売れるか否かは、歌のよしあしとは必ずしも一致しない。ある筋が気に入れば親衛隊が編成され、レコードも上手に宣伝され、どんどん買われて人気も上昇するらしい。人々は作られた流行を追い、でっち上げの人気に踊らされ、毎日、毎回当たり前に振り回されている。つくづく嫌な時代になったと千代乃は思う。国民みんなが、夫の敏夫も、あの時は祭り上げられた偶像を拝み、作られた報道と似せられた精神に踊らされていたのかも知れない。上等な肉を買って来て、自分たちが食べるのだと思っていたら、シャム猫に食べられてしまった、あの若者たちの落胆もまた敏夫の裏切られた期待も同質のものだ、と千代乃は苦々しく思う。

力のない者は仕事を奪われてしまう。洋子はまだ歌い手を片手間に続けている。なり振り構わずに歌い手になることに執着している。三国界隈の女行商人の群れ、烏部隊員は殆どが町工場に勤めたり、会社の雑役婦になって高い収入を得ている。今ではすっかり老いぼれたものも大勢いる。千代乃は烏をやめられずに、老いた体に鞭打ってあれやこれやと働いている。烏をやめた者は、昔の恩を忘れた不届きな人間で、力の無くなった者だと烏は強がっている。千代乃は、町の人たちは烏部隊の來訪を待ってくれていると根っから信じている。今は思い描いているほど、町の人は期待していないことを烏は知らない。

日本中の商売のやり方が一変してからは、町なかの商店街もすっかり様子が違ってきた。百年も何十年も地元の信用を得て営んできた商売が立ち行かなくなって、店を畳む所があちこちに見られる。烏部隊の行商が必要なくなり、丁度その頃、千代乃は体力的にも烏を続けられなくなり、畑に作ったものを再び朝市に並べるようになった。

〈洋子も、いつかは自分の歌がヒットすると信じているんだろうな〉

午後の越前三国線に乗り込みながら千代乃はそう思った。慎一郎や久子は洋子の言うがままに金を出し、二人は娘がいつかは晴れ舞台に立てるとひそかに信じている。娘に幸せを買ってやっているつもりだ。その期待のために、慎一郎たちは現実の幸せや何かをすべてかなぐり捨て、犠牲にしている。現実に生きている猫が死んでしまっても、絵に描かれた猫はいつまでも活き活きと生きている。果たして慎一郎たちの期待や洋子の歌は、勝手口で見たあの猫ほどに生き残れるだろうか、と千代乃は思った。

〈洋子の望みは……、慎一郎の…、貴子の…、夫の願いは……〉

千代乃がこんなことを心に思い浮かべている時、芦原《あわら》の駅に着き、車両の前後のドアが同時に開いた。プラットホームでは長年聞きなれた甲高いベルの音が鳴り響いていた。千代乃は珍しく乗り換えるのを億劫に思った。慎一郎や洋子のことを考える時は、心にも張りがあり、元気づく。特に今日みたいな仕事あけに夫のことを考えると、急に疲れが出て体中に悲しみが走るように思えてくる。孫娘の洋子が小学校の頃までは、そのようなことはなく、どんな心の動きや体の欲望も抑えることができた。洋子は中学生になって、個性的な発言や行動をする。小学生の誠一郎も孫らしくなって来ている。自分は六十過ぎになり女の生理と体の自由が無くなりかけた時、精神も一緒に開放されてしまい、これが若い女性の知らない世界だと千代乃は思った。それは開放された自由ではなく肉体に見放された精神で、節制をなくしたもののように思い、多少苦く恥かしいものであった。

数十年にもなる戦後の未亡人としての生活の空白を、いっきに埋めたい衝動に駆られた。朝と同じ方向に階段を登り、同じ広告を見、改札口の向こうに広がる同じ景色に目をやって、同じプラットホームに降りて行くのに耐えられなかった。目を閉じて電車のドアが閉まるのを待った。胸がどきどきっと変則的に高鳴っている。

笛の音が消えドアが閉まりかけた時、土地の名門高校の生徒たちが慌ただしく駆け込んできた。高校生たちは、空席に足を投げ出して坐った。皮だけが重なっているような薄い学生鞄を持っている。シャツのボタンを三個もはずして胸をはだけた生徒たちが多い。下着を着ている者はいなかった。バンドをしていない者、していても細い紐状のベルトの者。グレーのズボンは規定のものらしい。教科書を二、三冊手にし、ラメ入りの黒いシャツを着て、サングラスをかけ、女物のサンダルを履いている者もいる。足がはみ出てサンダルは電車が揺れるたびにがくがく動いている。女生徒の中にはマニキュアやペディキュアを塗り、口紅をつけている者もいる。髪を赤茶色に染め、パーマをかけている。十七、八歳にはとても見えず、婆さんくさく見える者などが大騒ぎをしている。どの女生徒にも不健康な老け、老いの疲れが顔に滲み出ている。千代乃は、〈ああ見えても、あそこの生徒はね、しっかりしているのよ。お婆ちゃんがいう、官立大にひとクラスから十何人も入るのよ。見かけによらないのよ〉と孫娘が言ったのを思い出していたが、どうしてもそのようには見えなかった。孫たちの時代が始まろうとしているのかな、と強いて信じようとしていた。友達と一緒の時はわざわざ遊びに夢中になっているように振る舞うとか。一人になったら勉学に集中するのが、今どきの高校生だという。

〈この子たちが流行を追い、流行を作り、世論を動かして行くのだ〉

騒ぎたてている高校生の姿を見ていて、こう思った。〈この子たちには力があるんだ。夫も当時は、結局この子たちと同じ世界に生きていたんだ。そして……、この子たちは自覚するとしないとにかかわらず、敏夫と同じ道を歩む人たちだ。いや歩まされる若者たちなのだ。今のうちにできるだけ喜びや楽しみを、将来の悲しみや苦しみに打ち勝つために、経験し貯えておかねばならないんだ〉と考えが広がった。

「君たちさ、松枝洋子《まつがえようこ》って、若手の歌い手を知っているかい」

千代乃は隣にいる男子生徒に、思い切って声を掛けた。

唐突な話しかけに驚いた高校生は、一瞬体を縮めてから隣の友人にぼそぼそと説明していた。集まった数人の生徒たちは、千代乃の大きな黒い荷物やもんぺ姿を不思議そうに見比べていた。意識的に千代乃に顔を背ける少年もいた。

「松枝洋子だって……、知るかい、そんな奴」

両手を吊り革に当てた大柄な男が、半ば笑いながら言った。

「小母さん、その子がどうしたの」

サングラスを掛けた少年と手を繋いでいる女子生徒が甘い声で尋ねた。

「松枝洋子って子はなあ、わての孫娘でね、今晩リサイタルってのを開くのさ。よかったら聞いてやってよ。聴きゃ分かるけど、かなりうまいよ」

入れ歯の上歯を舌で押し上げてから、丁寧に言った。珍しく緊張している。目を白黒している生徒たちを見て、千代乃は勇気が出て来た。千代乃はことばかり、私製の名刺を出して、手を繋いでいる女生徒に渡した。しばらくしてからようやく、おもしろい小母さんだ、この人と少女が呟いた。

「プログラムはないのかい」

サングラスを掛けた少年がこう言って、鉛筆書きの名刺を見ていた。「何時から、どこで……とか、そんなのが……」返事のできない老婆を少年は愉快がっている。

「その名刺の裏に……、六時から、福井の銀座通りのホールで……、だなあ」

千代乃は孫娘の名前を言った時よりはるかに緊張していた。地下足袋を履いた両足に力を入れて踏ん張った。

「六時じゃ、まだ時間があまるなあ。小母さん、それに俺たち六時に行く所があるんだ。

今日の夕方は、あの辺は大勢の若者で、大変な騒ぎさ」

サングラスの男がそう言って、化粧した女高生たちの方に向い、両手を前に広げ肩をすぼめた。女たちがどっと笑い、足を投げ出していた男たちも席を立って、興味を示した。

千代乃の恰好を見て、生徒たちはみな千代乃に同情的な視線を投げ掛け、千代乃を囲い込むように取り巻いていた。

「小母さん、その恰好でよ、銀座のリサイタルに出掛けるのっけっ《のかい》」

今し方席を立って来た男子高校生が、真剣な顔で尋ねた。周囲の十人近い生徒たちが一斉に関心を持って、千代乃の返事を待っている。

「そうだよ、この格好でだよ。孫娘の発表会だからなあ、応援しに行くのさ」

千代乃の返事を聞いて、生徒たちは大喜びだった。鞄を叩いて笑い崩れるもの、吊り革の丸い輪をかちかち鳴らしてはしゃぐもの、横腹を押さえて痛みに耐えているもの、地下足袋、もんぺと言って繰り返し千代乃を指差すもの、など大騒ぎだった。

「何がおかしいかね。お前たちのやっていることだって、その恰好は何だい。まったく笑いぐさだよ、ふん」と、憮然とした表情で言い返した。

「小母さん、時間があったら顔を出すよ」

サングラスの男が大声で千代乃に言った。「俺、小母さんが気に入っちゃったよ」と、千代乃の肩を叩かんばかりに近付き、笑《わら》い転《こ》けながら付け加えた。

生徒たちは三つめの駅でぞろぞろ降りて行った。千代乃は静かになった車中で、大人たちが凝視していたのに気付き、年甲斐もなく気まずい思いをした。

福井駅で下車して、駅前のビルに入った。釈迦谷では行商をしていても振り向く人はあまりいないが、福井駅辺りでは大勢の人が往き来していて千代乃の鳥部隊員の姿を見ると立ち止まる者もいた。この街では自分がはみ出し者に思えた。明るい午後の日差しを受けて、銀座通りのホールまで歩いて行く勇気はない。

千代乃は六時までの時間を、駅前のビルの中で過ごそうと決心した。高いビルの中には色々な店があり、休憩所も設けられているからである。一年ほど前に慎一郎の友人がこのビルの守衛になった。その後慎一郎と千代乃、それに洋子を案内してくれたことがあった。守衛室にはさまざまなボタンが取り付けられていて、その一つを押すと指示された場所の様子がモニターテレビの画面に映る、近代的な仕組みになっている。千代乃と洋子は面白がって、次々とボタンを押して浮かれ、興じていたのを思い出していた。

守衛室に慎一郎の友人を訪ねる気はなかった。最上階の六階には各種文化教養教室がある。千代乃は廊下をゆっくり歩いて時間を潰している。閉ざされた扉から三味線の音が流れている。廊下は絨毯が敷かれていて、アルミサッシュの近代的な広い窓が連なっている。ビルの廊下で、三味線の音を聴くのはおかしなものだった。釈迦谷辺りの路地で聴くのは乙なもので、心が休まり鎮まって行くのを感じる。最近は釈迦谷でも三味線や琴の音をあまり耳にしなくなった。高層ビルの中で聞く三味の音は、やはり変なものだが、侘しさを感じさせる懐かしいものだった。お師匠さんは洋服に着替えて帰るのだろうかと、千代乃は行商姿の自分の足元を見ながら、とっぴなことを考えたりしていた。

〈こうした所に来る時は、着替えを用意して来ればいいんだ。あの高校生たちも……〉

千代乃はこんなことを思いつき、愉快になった。黒い大きな籠を背負いながら、人のあまりいない廊下をぐるぐる歩き回り、ビル内の名店街も見て歩いた。

銀座通り二丁目にある放送会館に向かって歩き出した時、ぽつぽつ雨が降り始めた。もう少し早く三味線の音に別れを告げていればなどと悔いた。日本手拭で時々雨しずくを拭いながら、雑踏した通りを歩いていた。銀座通りを歩いている群衆は、千代乃の姿を見て映画かテレビのロケでも撮っているのかと立ち止まり、所どころに人だかりと波ができた。

千代乃のために道をあける形になったが、老女は如才なく抜けて歩き続けた。想像していたより実際に歩いてみると、会館は遠かった。

銀座のホールに着いた時、司会者の挨拶は終わったらしく、洋子の歌が始まっていた。

受付係は千代乃の姿を見て戸惑っている。

「お客様、ここは松枝洋子のリサイタル会場ですが……、お客様……」

ぱらぱらと入って来る人たちの目障りになってはいけない、とジョーゼットのワンピースにコサージュを付けた受付係が千代乃を追って来た。老婆は扉越しに見える会場の方に視線を投げたままだった。

「お客さま、ちょっとすみません、ここは松枝洋子の……」

係の若い女性の神経質な喧嘩ごしの高い声が再びロビーに響いた。

千代乃は、もんぺの前に縫い付けた小さなポケットから名刺を取り出し、会場内を覗き込んだまま横向きの格好で、差し出している。係の女は難解な試験問題に目を通している時の所作で、すごすごと受付のテーブルに戻った。名刺置きに置く前に、他の係にも名刺を見せ、会場に入って行く老婆の姿を見送っていた。

背負い籠を最後列の手摺の脇に降し、中央の通路側、最後部座席に坐った。会場の四分の三ほどが空席で、赤い色の椅子の背がわずかな客を呑み込んでいる。元気のよさそうな歌にしては張りがなく、盛り上がりどころもなく、孫娘も悩み悩み気兼ねして歌っている感じだった。常日頃、ご先祖さまに恥を晒すだけだから、やめておけと慎一郎にも口を酸っぱくして言っているのにと気がたってきていた。

千代乃は席について、遠くの舞台で歌っている洋子の姿を見ていると、早起きの疲れがどっと出て来た。洋子の姿がどんどん小さくなり、自信のない歌声だけが耳元に響いている。老婆はこくりと頭を落とした。

入口の方が騒々しくなり、受付の女が千代乃を呼びにやって来た時、ようやく目を覚ました。千代乃には洋子の歌は退屈で、居眠りをしたくなるものだった。何年か前の歌の方が、それにこの前の歌い方のほうが少しは心を傾ける何かがあった、と千代乃は思う。

「お客様、実は高校生が二、三十人押しかけて見えたんです。お客様にお会いしたいと言っているんですが……。ご存知ですか」

「高校生って……、知らないね、そんな若い人たち……」

「今日、昼過ぎ、電車の中で知ったと言っていますが」

「ああ、あの子たち、……来てくれたんだな。入れてやって下され」

「そうおっしゃられても、あの子たち、入場券をお持ちになっていませんから、お入り頂くわけにはいきません」

「それを、何とかならないかね。将来、官立を出て……」

「とにかく、入場券をお買い求めいただければ、それでよろしいのですが」

「そう、……じゃあ、全部でいくら払えばいいだかね」

「そうですね、この人数ですから、……二万円ほどになります」

「二万じゃと……、いいだろう、分かったよ」

千代乃は孫娘に五、六年分のお年玉を思い切って出してやろうと思った。

「分かったとおっしゃられても……、よろしいのですか」

「ああ、いいとも。わては、松枝洋子の祖母じゃからのう」

老婆との話がつくかつかないうちに、高校生たちはサングラスを掛けた少年を先頭に、ぞろぞろと洋子のリサイタル会場に繰り込んだ。会場は少しばかり埋まり、急に賑やかになった。彼らは六時のテレビ番組の収録会場が満員だったので、銀座通りのホールの方へ流れて来たらしい。洋子のソプラノとかいうキイキイ声は高校生たちに受ける何かがあった。彼らは調子づき舞台の裾や通路を陣取り、洋子の歌に合わせて拍子を取って、歓声を上げた。洋子の歌というより彼らが楽しんでいるふうで、会場はいっきに華やいだ。

千代乃はもしやの時に持ち歩いている金に、売り上げた小銭をかき集めて受付に置いて来た。通りは薄暗くなり、雨の心配はまったくなかった。水銀灯が次第に明るさを増してきていた。背負い籠に後ろ手を宛がいながら、〈わしも、のろまな〈烏〉になったものだなあ。明日から、また張り切らなくては〉と思った。

銀座通りを歩きながら千代乃は、夕方茄子に水をやることをすっかり忘れていたことに、ふと気付いた。トウモロコシの葉が付けた、蟻の行列のように固まった腕の傷跡が、急にうず痒く感じられた。


千代乃が烏隊員の一員として精力的に行商に出向き、孫娘の〈歌姫＝松枝洋子〉を宣伝する手製の名刺を持ち歩いたのは、ほんの僅かな期間だった。慎一郎たちもあの頃の母親が一番活き活き堂々としていたと思っている。

それ程の躊躇や屈託もなく、洋子は歌姫の夢をあっさり捨てていた。

「だからわてが言ってたろう。こんな始末だ」と、千代乃は息子夫婦の甘さを諭した。

「こんなもんだよ。何でもやってみて結果が出るまで、わからないよ。諦めないで続けていたら、どうなっていたかわからないよ」と言って、慎一郎は反論した。

洋子は、高校を卒業するとちゃっかり学校長推薦制度を活用して、大手繊維会社の事務員として就職した。

「凄いでしょう、校長先生の推薦よ。お祖母ちゃんの越前水仙と同じくらい素晴らしい、値打ちもんなんよ。お祖母ちゃん、また名刺、作って孫娘の自慢していいよ」

「アホらしい。いくら何でも、親、子、孫と三代揃ってバカ丸出しにすることはない」

こうは言っていても孫の出世は自慢の種で、生来身体が弱く、世間から大人しい人だと半ば侮蔑されている息子の汚名を、孫がいっきに晴らしてくれたと喜んでいた。

慎一郎は時間的な流れにまったく疎くなり、後先の順序と区別ができず、あれこれ断片的に統一なく思い出している。洋子が社宅を出て、郊外のアパートで一人暮らしを始めた頃だったかに、千代乃が悪性の菌に冒され、すっかり体調を崩してしまった。家へ駆けつけてくれた往診医から百歳どころじゃなく、米寿、喜寿さへ危ぶまれ、下手すると明日にでも……、と言い渡された。慎一郎は慌てて洋子に祖母の危篤を連絡した。翌々日、洋子は休暇を取って帰って来た。町から連れて来た若者の車で、東尋坊や松島水族館、新保大橋を渡って三里浜海岸をドライブして回っていた。登代子の民宿に青年を泊め、次の日は海に潜ったりして夏を楽しみ、夕方には二人でまた中央の町へ戻って行った。

「お婆ちゃん、元気になってね。また帰って来るからね」

屈託のない明るい洋子の声が、天井の低い部屋に響いた。

「折角来てくれて、婆ちゃんも喜んでいなさるだろう。ありがとうな。戸田さんに泊った青年を紹介しろよ、どんな人なんだ。優しくしてくれているかい」

慎一郎は、青いポロシャツを着た、背の高い青年のことを思い切って尋ねた。

「ただのボーイフレンドよ」

洋子はさらに朗らかに、少し恥ずかしがって答えた。

慎一郎は洋子が、源太や登代子などより、もっと離れた遠くへ行ってしまったような気がして、寂しくなった。洋子のあの気に入らない明るさの源は、妻の久子にあるのだと考えた。洋子が見舞いに来てくれて以来、千代乃も元気を取り戻したように見えた。

洋子を巡り、慎一郎と久子の意見が食い違い、互いに時々諍《いさか》うことがあった。その多くは水と火にかかわることだった。九頭龍川流域のこの辺り、松江の里の生活用水は近年になるまで天然水のお世話になっていた。何百年ものあいだ、そして現在も井戸水や山川の水が、村人の需用には十分過ぎるくらいに湧き、流れている。飲料水も掃除洗濯にも不足なく地下水や山川の水でまかなっているのに、と慎一郎は夢の中で叫んでいた。

「どうしたの、あんたの好きな鬼カリントウよ。妙な声を出したりしてさ」

慎一郎の目の上で、久子が菓子を弄んでいる。黒糖の上塗りがはげて、中身の黄色な円形が、昆虫の目のように見えた。「変な夢を見たんだ」と、ようやく声が出た。

「あんたのはいつも夢だか現実だか、境がはっきりしないわね」

「そうなんだよな。水と火で揉めていたんだ。燃料には枯れ枝や薪があるからって……、いつもの考えだよ」と、慎一郎は体を起こしながら呟いた。

「プロパンを使わずに、七輪で煮炊きするようなものよ」

「プロパンなんてガスがいけないいんだ。石油がこんな落ち着きのない生活にしてしまったんだ。こんな辺ぴな岬の村にまで入り込んで来て、国中同じ生活をさせているんだよ。昔の学校友達もみんないなくなった。ついて行けない俺を置いてけぼりにしてさ。そうじゃねえな、みんなが踊らされて違った道を歩かされているんだ。俺の偏見だって言うヤツもいるけれど、それは違うよ。みんな、心の中では寂しい思いをしているのにさ」

ポンプの柄をがたがた軋ませ、水を出している。山川の伏流水が勢いよく出ている。慎一郎は柄杓に水を受け、うまそうに飲んでいる。

「この村にも簡易水道が入るらしいわね」と、久子が縫製工場で聞いて来た話をした。

柄杓《ひしゃく》を水がめに返しながら、「何だ、そりゃ」と言って、慎一郎は久子の方をみた。

「蛇口を捻れば水の出る生活がしたいわ。ポンプをがたがた動かしたり、水がめの水を掬う生活は、もういい加減、飽きたわ。みんな、そう言ってたわ」

久子は相変わらずカリントウを口にしている。

「つまり文化生活がしたいんだな。県全体の流れもそうだからなあ。必要だからとか、採算が取れるかどうかなんかは、関係ない話らしいよ」

「そうよ、石油ストーブはあるけれど、プロパンガスを入れて欲しいの。どうしてうちだけ相変わらず薪や枯枝を使っているのよ。もう、うんざりだわ」

「縫製工場へ行く前は、そんな不平不満を言うお前じゃなかった。そんなに町衆の考えるようなことを言うなら、明日からは、もうあんな所へは働きに行かなくてもいい。お金なんかいらない。この土地なら金なんかなくったって、みんな豊かに暮らして行けるんだ。ここは何百年ものあいだ、何千何万人もの人たちがそうして来たんだ。今はどこもここも、自然のいろいろな恵みを全部捨てて、くだらない生活をしているんだ」

「そんなこと言ったって、現実にはもう誰もこんな遅れた生活をしている家なんかないわよ。すごい速さで変わっているんだもの。お母さんの鳥部隊みたいなものよ」

「遅れているんじゃないって言っているだろう。いつも同じことを何度も言わせるな。どこがいいんだ、あんなせわしい暮らしが……。母さんのコロベイニカは放っておけ」

「いつまでもこんな生活を続けていたら、結婚した洋子も寄りつかなくなるわ」

久子は洋子のためにも、この辺でいっきに慎一郎の考えを崩しておきたいらしい。水道を入れれば、村人たちと一緒の生活をしている証しになると思う。プロパンガスは夫が危険だと言って頑固に取り入れないとしても、世間に言い訳が立つように思う。村の人たちと同じ水を飲みたいと久子は望んでいる。

「うまい水を飲まないで、工場臭い水を飲みたいのか。洋子は町の学校を出て、町で暮らしているんだ。イヤなら孫だって連れて来なくていい。実家が昔ながらの落ち着いた生活をしていたとしても、何の障りにもならないさ」

「世の中ってそんなものじゃないわ。洋子の亭主が、あれでもご本人は理解して下さっていると思うの。両親やご兄弟の中の誰かが反対なさると、ご主人だって先々のことを考えて、洋子につらく当たるわよ。親戚付き合いに踏み切れないのよ」

「踏み切れないような弱虫は、結局、それだけの人物さ」

「そんなに簡単に考えて、すませられるんだったら、世の中楽なものだわ」

「その通りだ。世の中は単純なものなんだ。周囲の人間に惑わされるからおかしくなるんだ。自分の思う通りに生きていれば、何も難しいことはない。それに水道にしても、プロパンにしても、体を使わずに楽をするからいけない。手抜きの生活は人間に碌なことを考えさせないからな」

「もう何を言っても聞いて下さらないんだから、止むを得ないわ」

「たとい身体が悪くて弱く、病んでいても、心や魂、精神だけは頑丈にしておけって、母さんが、いつも言ってるだろうが……」

「でも洋子だけは幸せにしてやりたいわ」

久子は捨てゼリフのように、勢いをつけて言った。

「洋子は十分幸せだよ。お前はもっと幸せだ」

永年暮らして来た久子でさえ、まだまだ解ってくれていない、と歯がゆく思う。久子も村人たちの後を追いかけて行ってしまっているのかも知れない、と少々不安になった。

朝市の老女

大正元年子年《ねどし》生まれの松枝千代乃《まつがえちよの》は、十年後の子年でようやく九十六歳になるというのに、とにかく一日も早く百歳を迎えたいと望んでいた。市民が百歳になると、おめでたいことだ、慶事だといって市長が記念品と金一封を贈呈することになっていた。白寿の九十九歳でさえまだ十数年もあるのに、気の早い話だと周りの者は千代乃の希望《おもい》を嘲笑《あざわら》っていた。かつての市長が米寿を迎えた老爺老婆に記念品と祝い金を贈った。昭和も五十年過ぎから、日本人の平均寿命は年々歳々延び続け、知らぬ間に米寿を迎える人が激増し、かつてのように珍事、慶事ではなくなった。財政上の問題もあり、いつしかどこの自治体も米寿を祝わなくなった。さらに卒寿ですら珍しくなくなり、いっきに一世紀百年を生き抜いた人にお祝いを出すように、慣わしを変更した。その際、間際になって当てが外れる住民の不満は大きいので、五年後に実施することとし、米寿の祝い金制度は二年後に廃止と決めた。この制度の移行は、もともと余裕の行事だったから予想したほどの混乱もなく、忘れられてしまった。古希も喜寿の時もこれといった心の喜びを感じず、老女は昔の光、今いずことといった気落ちが持続していた。かつての戦争のように、為政者に誑《たぶら》かされて一杯食わされたという気分が抜けずにいる。百歳まで元気に生きて、今度こそは自分の目でしっかり見届け、記念品や祝い金を自分の手で受け取りたいのだ。自分の命だけでなく、社会の仕組みや流れがいつどこでどうなるか、分かったものではない。とにかく一日も早く百歳になることが、いつしか切実な願いになっている。

千代乃は幼いころおチヨさんと呼ばれていたらしい。彼女より年長者になる、明治生まれのこの辺りの者は、男も女もみな亡くなっている。大正生まれの者でも、一桁生まれは数少なくなって来ている。大正末年生まれの人たちでも、めでたく傘寿を迎える年回りになっているが、この人たちも近年めっきり少なくなっている。朝市仲間には九十歳に達して、現役で働いている者はいない。いわば千代乃は朝市の大長老で、彼女自身、常日頃からその意識は旺盛である。年相応の物忘れはするが、傍迷惑《はためいわく》になるほどではないから、誰一人として千代乃を鼻摘みにはしていない。それどころか毎日気丈な老女を見て、自分も彼女のように元気なまま年を取りたいと願っている者が多い。

「どうせ生きているんだったら、おチヨさんみてえに、なあ、元気にいたいわな。死ぬ時はころっと行きたいよ。それが最後のたった一つの望みやがね」

「憎まれっ子、もう、子なんてかわいもんじゃねえな。憎まれ婆《ばばあ》、世に憚《はばか》るって言いたいんだろう。そうさ、憎まれ口を叩かなきゃ、朝から叩き売りみてえなこと、こんなに長く、やっておれんがね。憎まれ婆さんで、憚りさん」

千代乃の威勢のよい声を聞くと、市場はいっきに活気付くのだった。

「今日は、ちょっと熱が出たから、お休みしようと思ったが、やっぱり出て来てよかったわ。おチヨさんの、なんや元気な声、聞いたらいっぺんに気が楽になったがね。わてにはおチヨさまさまやね」

六十は過ぎたと思われる、小綺麗な身なりをした女が上気した顔で訴えた。久し振りに旦那に可愛がって貰ったのが原因だ、いい年齢《とし》して惚気《のろけ》るんじゃないよ、と方々から野次が入る。朝市の女は、野菜や果物を一つ一つ丁寧に路面に並べ、叫びながら笑い合うのだった。馬鹿口を叩いて、頬の筋肉を上げ下げし、皺の増えた唇をもぐもぐさせていると、すぐ帰り支度の時間になる。熱があると言って大事を取り、家の中で燻《くすぶ》っていても時は経つ。行けばよかった、行きたいなとぐずぐずと時間を秒刻みに気にして、数時間を過ごす。

多少無理をしてでも朝市の会場に出て行けばよかった、と深い後悔が残る。一日休むと、次の日が出づらくなり、家ん中に引き籠るのが習慣化する。このことを一番心得ているのは千代乃自身である。若い頃は今月ひと月、この月を何とか……、と頑張ってきた。

「ここをお休みしたら、ずうっとお休みさんになって、山ん上のお墓行きさや。ここへ来るにゃ、ほれ、五時にはもう畑へ出にゃならん、嫌でも応うでも……」

「どんなに慣れても、やはり早起きはつらいわね。旦那のいないこの年齢になってもなあ。畑に行かず家にあるものを、ここに並べるだけでも、ひと苦労よ」

千代乃の隣で店開きの準備をしている中年の女性が相槌を打つ。

「そうだよなあ。夏場はまだいいが、冬ともなれば真っ暗で氷が張っていたり、雪が積もっていて、道がなくなっている時もあるがね。でもや、でもさ、朝の清々しい冷たい空気を吸っていたら、万年、医者いらずや」

「今日一日、元気でいい空気を吸わせて貰えば、もうそれで極楽極楽、お浄土さんや」

千代乃はこうして三十年ほども朝市に狭い露店を張って、季節の野菜を商っている。夫を結婚早々に亡くした千代乃は、女手一つで娘と息子を育て、独立させた。二人の子供はグレもせず気立てのやさしい、素直な子に育ったのが、老女の自慢だった。

〈旦那の一人や二人いなくたって、わての五体はお天道さまからの授かりもんや。ちょっと寂しいのは、ここだけや。あとはなーも不自由してえん〉と言って、臍下《せいか》に手を添え、居合わせた人々を爆笑させるのだった。

〈いつでも診てやるからなあ。長いこと使ってないから、あんたのは黴が生えているやもしれん。詰まっているかも分らん。いっぺん、診てあげようさ〉

集落一の人気者で剽軽《ひょうきん》な吉村源蔵が、もしかしたら長年の男の思いが叶うかもと密かに……、そうでなくても明るい雰囲気を作ろうと、いつも千代乃の話し相手になる。常日頃男たちは、人気のある千代乃をからかうことに快感を覚えている。

〈わてのは新品同様で、メーカーの純正品じゃなきゃ、受付けんのや〉と、千代乃は胸を張って宣言する。こんな話は何度繰り返しても、いつも新鮮な笑いが持続する。

〈見損なっちゃいけない。ひと昔ふた昔前にゃ、青年団の団長をしていた頃には近郷近在の女性《おんな》でわしに憧れなかった者はいない〉と言い返し、〈なあ、そうだったよな〉と、周りの老女たちに同意を強要している。このような話題になると、観光客や買いもの客をそっちのけにいつも盛り上がる。風邪気味も胃弱もたちどころに退散する。

〈そんな昔話、ここらの赤ん坊も聞いたことないわ。へなちょこの使い古しなんか、あ

ほらしいわね。使いもんにならんもんに限って、みんなの前でわてをからかうんや〉

〈いやいや、なかなかなもんやで、一遍、使ってみな。クセになるわ、きっと〉と、いい気になって男は話し続ける。

〈自信のある、本当の親切もんはひと目を避けて、煙突の掃除でも壁の黴落しでも、こっそり訪ねて来て、ゆっくり腰を落ち着かせてくれるもんや〉

千代乃もまんざらでもなさそうに相槌を打っている。この連中は同じようなことを何十年も飽きもせずに言い続け、そのつど笑い合って時間《とき》を過ごしてきていた。

「おばちゃん、この牛蒡《ごぼう》、どうして土が付いているの。名古屋や大阪、金沢では白い牛蒡とか、千切りにしたものを売ってるよ」

「そりゃ、あんた、洗うひまが、のう……」

老婆の千代乃は都会から来た観光客の、いつもの質問にあきあきし、ちょっとからかい気味に笑顔で応えた。最近では、いい年恰好をした婦人までが、こうした疑問を真顔で口にするので、ここの朝市もすっかり観光の目玉になってしまったなあ、と落胆している。生きて行く上で一番大事な食いもんがこんなじゃ、旦那や子供が可哀想だと千代乃は思う。

旦那は、特に働き蜂みたいな男は何を食っておろうが知ったことじゃない。だってそうだろうがね、不足した栄養は人工の薬品で補っていりゃいいんだ。そして、ほれ、越前三国《えちぜんみくに》の名勝、そこの赤い欄干橋の向こうに料亭とか、高級レストランがめえるだろう。あそこらの店にちゃっかり入り込んでなあ、わての稼ぎの半年分くらいを、一食《ひとかたき》に食ってしまうんだって、なあ。ものの値打ちってもんが、皆目解っちゃいないんだ。老婆が〈ひまが、のう……〉と口にしたあと、一瞬の間にさまざまなことが脳裏を横切って行く。

でもわてはな、……最初のか二番目のかって、野暮なこと聞きなさんな。とにかく大切な旦那とは、はように死に別れてしもうての、ははあ、と一人笑いをする余裕がすぐ戻って来ていた。旦那に比べりゃ、女・子供は気の毒なくらい、可哀想だよな。年寄りはいいさ、構うことはないよ。そのうち誰も彼もみんな、こっそりひっそりとあの世へ。それに比べりゃ、子供はこの先、ずいぶん長々と生きて行かなきゃいかん。それに何と言ってもこの国を、越前人のわてらを守ってくれる人たちなんだからさ。厳しく鍛えて大事に大事に、きちんとしっかり育って貰わにゃなあ、と千代乃は思う。

「そっか、そうだよね。今は、何でも人件費が一番高くつくからね」

少女の明るい声を耳にした老婆は、また苛立ちを覚える。

〈手間賃をお互いに高くして、自分たちで自分の首を絞めて、苦しんでいるんだよ。いっときの喜びがさ、後々の苦しみになるって仕組みになっているのを知らないのさ〉

老婆は以前、耳にしたことを執拗に思い出している。土地なんかも金額だけをお互いに、本当には値打ちのない紙幣の枚数だけを吊り上げて、自分たちで苦しんでいる。それをアメリカさんは喜んでいなさるって、なあ。日本は敗戦後ずうっと六十年以上もの間、次から次へと手を変え品を変えて、海老《えび》で鯛を釣るようなことばかり、アメリカさんにされて来ているんだってなあ。もう今じゃ、何一つ日本人らしい動きが取れないらしい。

まあ、日本は戦争に負けたんだから、無条件に仕方がないんだ。そうだよ、ここの朝市はよ、そりゃ、長い長い歴史と伝統があるんだ。何せ、戦国時代から始まっているんだからなあ。アメリカさんが黒船でやって来る以前からだからなあ。これはいつもの千代乃の思い込み、聞き違い、出任せの勢いを得た話だ。つまり、そこいらの今流行《はや》りでやっている出店露店とは訳が違う、と一寸時代の幅を跳び越し損ねただけの話だ。

この街は、そこの大根や何かとおんなじで、根も葉もちゃあんとあるんだからさ、ここの朝市は。戦後じきに復活したんだから、それからでももうかれこれ六十年以上さ。戦後、最初の内は、アメリカさんとグルになって、いっときしめしめと味を占めた輩《やから》らも、すぐそのあと首を絞められて箱入り、牢入りにされるんだってなあ。こんな田舎町の朝市に出ているから、そうしたからくりがよく見抜けるのさ。

〈そりゃ、あんた、この町のからくり人形は、昔から日本で一番だもんな〉

こんないい、立派なほんもんのからくり人形や山車《だし》を走らせ、お祭り騒ぎをして観光の目玉にしてしまったから、罰当《ばちあた》りで、とどのつまりはお祭り騒ぎで何もかもおしまいさ。わあ、わあ、すごいすごい、立派なもんだね、で終わりだよ。わてはなあ、本もんを見て欲しいんだ、こん町の細工師の技を、さ。土産もんじゃなくて、本物の細工もんだよ。わての倅の慎一郎も一寸本気で、その方面に首を突っ込んだんだよ。あの子は生まれ落ちるから身体がひ弱くおとなしい質《たち》だから、他人様《ひとさま》と一緒に仕事をするのは苦手なんだ。だから誰にも指図をされずに一人でできる仕事をって……。

でも本物の細工もんを見て感心しているだけじゃ、都会にある大遊園地の花火大会とおんなじだよ。ひと夜いっときの輝きで、何もかもおしまい。けむたくて、ごみが残るだけじゃないのかい。清掃や後始末に大勢の人を使って、またぞろお金だ。何でも煙のように消えてなくなるのが、今の流行りらしい。また作ってなくせば、又新しい仕事ができる。それでみんなが幸せなのさ。世ん中、こうしてくるくる回っているんだってな。回るって言えば、この地の「三国節」だよ。〈さても見事な安島《あんと》の雄島《おしま》、根から生えたか浮島か〉の一番から十九番の〈新保汐風三国は嵐、出村吹く風色のかぜ〉まで、三国花街の情景をぐるぐると唄い回っているのさ。越前の「三国節」は加賀の「山中節」、越中の「小原節」らとともに北陸の三大民謡の一つだよ。三国出村は女郎衆の街だったのさ。なかなか乙なもんだよ。天保の飢饉の折、餓死者難民があふれて、地獄絵のごとくだったとか。町の豪商たちが難民救済事業として三国神社《みくにじんじゃ》を造営し、労役者に賃金を出し米を買えるようにした。三国周辺では餓死者が一人も出なかったのさ。この時、人夫たちの労働歌として「三国節」が生まれたんだよ。だからここの三国節は民衆の歓びが唄い上げられていて、一般の民謡のような陰鬱さがなく、明朗快活なのが特長だよ。飢饉に見舞われた時だから、難民救済事業は最高だよ。敗戦後の浮かれ歓びと一緒くたじゃ、話がまるで違う。

それでも今は、みんな幸せ、極楽極楽だってさ。地獄のない極楽なんて、地獄とおんなじか、それ以下だと思わないかい。自転車みたいに……、どこか一箇所何かが滞《とどこお》ると自転車は倒れてしまうんだよ。こんところ、日本中言うことなすこと、一切合財何もかも、臍《へそ》の緒《お》がねえんじゃないか。いざっていう時には、生まれ素性っていうものがものを言うんだ。わてだって松枝《まつがえ》さまの千代乃だから、昔の光今いずことなっても、そりゃ肩を怒らせ胸を張って、今日一日今日一日って気合いを入れて生きているんだよ。臍の緒のないものは根無し草だから、命もぷかぷか流れて消えてしまう。見えなくても土ん中で繋がっていなくちゃ、野菜もんだって駄目だ。そう言えば、わての結婚そのものや、娘と息子なんかとの長い長い生活は自転車に乗っているみてえなもんだったなあ。よう、倒れなかったもんさ。そりゃ、あんた、百年近くも生きてりゃ、どんなことだっていろいろあったわね。そんなこと一々ぐちぐち話せるかね。こん世ん中、えらい変わりようや。

老婆はまた口を尖らせている。〈どうなってるんだ、こんよん中……。冗談ひとつ、軽い皮肉も通じなくなってるんだ。泥つき牛蒡《ごんぼ》は、本当んところは、暇がないからなんかじゃないわい！　わてらは、ひまでひまでしょうがないくれえだ〉と呟いてしまう。

暇がないんじゃなく、ヒューモアって言ったかな、そういうのがないんだよ。ヒューモアのない、機械みたいな暮らしは真昼間《まっぴるま》だと老婆は思う。はは、はっ。わてがこれを声で出して言っていたなら、きっと学問を身に着けた気障なオッチャんが、物知り顔に、〈婆さん、ヒューモアじゃない、ユーモアだ〉って、眉間に縦皺《たてじわ》を寄せて詰め寄って来るに違いない。語源とかいう本もんを知らない素人衆が、薄汚れた言葉を使うもんさ。言葉にもな、根も葉もあるんだから……。七十年も昔、わての旦那は女癖は最悪だったが、有望な洋学者志望だったんだよ。わてか、わては、天保年間の豪商筋の生まれなんだよ。〈小母さん、真昼間じゃなく、それは真っ平だって言いたいんでしょう。小母さんも、年を召して口が思うように曲がらなくおなりだね〉と、ご親切にわてを労《いた》わってくれるご仁が必ず一人や二人は出てくる。その男の周りには、そうだ、そうに決まってるって……、大袈裟に大事な頭を気軽に縦に振る奴がいるもんだ。おっと、見損なっちゃいけないね。わては戦後六十年もの間、ずっとここの朝市や近くは芦原、遠くは福井、奥越大野勝山辺りまで行商に出て行ったんだ。真昼間がいけないんだ。そんため、目に見えるもんだけがあるんだって、浅はかな考えが蔓延《はびこ》ってしまったんだよ、きっと。目に見えないもの、耳に聞えないもんは、ないんだって早合点しているのさ。そういう意味で言えば部屋ん中の電灯も暗がりの街灯も、わてらの目を誑《たぶら》かしているんだよ。本もんの夜は真っ暗闇なんだよ。夜の怖さや神秘さを明かりで誤魔化している。本物のほんまもんを知らなきゃ、にせ物えせものばかりを見、聞きして暮らしているんだよ、と千代乃は苛立ってくる。

ヒューモアや闇があるから楽しく、想像を広げ心の中に自分だけの世界を創造できるっちゅうもんや。秘密を守らない彼氏や、ヒューモアの扇子《センス》を持ち歩かない人間なんて、男性だろうが女性だろうが、あほらしいよ。長い間、じいっとみんなの話や振る舞いを見続けて来て、本当の本当みたいな流れをな、我ながらに汲み取って来たんだ。だから上っ面の薄皮みたいなもんには、とんと興味が湧かないんだ、わてには。わての目や耳、それに口なんかは自然の、ほんもんにしか……。それでもこの頃、朝市仲間や隣近所の若いもんが、わての娘でさえもが、わては変わりもんで耄碌しかけているって、聞えよがしに言うんだ。耄碌しかけているくれえなら結構なことじゃがね。わてより若いもんが一人や二人でなく、幾人もが町の豪華な旅館みてえな所に入って、寝床の鉄柱に縛られていなさるんだ。あそこは老人ホームって名の病院らしいなあ。この近くにも新しく出来たよ。ホームっていう施設は豪華な旅館みたいだったな。息子の慎一郎も嫁の久子も、他家に嫁いだ娘の貴子でさえも、わてにそのホームに行った方が、お互いにみんなのためにいいって、二度も三度も提案して来たんだ。もうすぐ古稀だか喜寿だっていうのに、なんしてあんな窮屈なとこへ行けるかって、怒鳴り返してやった。それでもまだ何か言いたそうな口振りだったが、わては知らん振り、聞えない振りをして乗り越えて来たんだよ。

まだ葉つきの大根や泥つきの人参などを見下ろし、感心しきっている高校生ふうの客の横顔を覗き見た千代乃は、息子の若いころをふと思い出した。

〈おっ母《かか》ちゃん、大根でも牛蒡《ごんぼ》でも洗ってから朝市や行商に持って行ったらいいのに、

その方が高く売れるのに。手間がないなら手伝ってやるから……〉

〈あほ、行商の野菜はなあ、土ん中から掘り出して、そのまま持って行くからうまいんだ。こんなもの、洗ってしまったら、足を洗った泥棒みたいなもんだ。二度と甘い汁は吸えなくなってしまう。自然に近いもんほど、うまみもあって、味がいいんだ〉

老婆は息子との会話を思い出し、〈そっか、わての息子もあの時は、目の前にいる娘さんとおんなじだったんだ〉と、少しばかりしんみりする。目に見えない息子のことをいつも想っているから、ことをしっかり構えることができる。あの子は、わてのほんとのほんとの子だっていうことで、ずうっと通して来ている。初婚も後妻も関係ないって……。今はこうした基本的な根本を教えてやる場も、人もいなくなったんだ。冗談や皮肉の解せない人には、直接説明してやんなきゃ、なあ。ああ、節辛《せちがら》い世ん中になったもんだ。

曲がった腰を伸ばし、店先の客の方に向き直ろうとした途端、はげしい眩暈がし、老婆は渡し板を踏み外してしまった。

「おーい、おチヨさんが、土手下に転げ落ちたみたいだぞ!」

隣の店の売り子婆さんが気付いたのは、そのことがあって、かなりしてからだった。

親孝行

「千代乃松枝《ちよのまつがえ》、おチヨさん！　わたしゃ、あんたの娘の貴子やが、おチヨさん！　何をぶつぶつ、言ってるの。怪我してるのに……」

貴子の掛け声で、千代乃は居眠りが覚め、意識を取り戻したようだった。

戦後、千代乃は通称には千代乃の乃を取り、子を加えて千代子と名乗っていたこともある。あまり書かないが手紙などの署名には、今でもカタカナでチヨノと誇らしげに書いている。売り子仲間の間では今でもおチヨさんで通っている。

「わては生れ落ちるから、どうしてやろか、運が悪かったんや。だってそうやろ、もう一か月も早よう生まれてれば、りっぱに明治の女だったんやで、ねえ」と、この所ずっと介護に来ている娘の小島貴子に訴えている。娘とは言え、長女の貴子も今では中年女に過ぎない。どちらが気丈夫だか紛らわしい状態だ。

最近貴子は、明治の女を名乗りたい母を母の仲間のように、おチヨさんと〈お〉付きで呼んでやっている。若い頃は、周りの人たちみんなから、おチヨさん、おチヨさんと呼ばれていたらしい。少しでも明治に近づけてやろうと、貴子は考えている。元気のよい母親に一日も早く戻って欲しかった。貴子の思いやりが本人に伝わっているかどうかは、はっきりしていない。伝わっているように思わせるのも、昔から千代乃の神通力だった。

千代乃はこれまでこれと言って何一つ誰の世話にもならず、独りで気丈に何とか暮らしていた。朝市には毎日顔を出していた。川端の朝市は七時から正午まで開いている。朝市一番に野菜を並べるには、日の出前に山陰の畑に出かけなければならない。千代乃は何の苦労も感じずに畑に行き野菜を収穫し、朝市に立つ。

〈貴子はお蔭さんでのう、運のええ子や。なも心配のいらん子や〉と、ぶつぶつ独り言を言う癖がある。何かの折に〈運のええ……、なも心配いらん……〉と呟く千代乃の独り言を耳にした貴子は、母は母自身の運のよさを表現しているのだと考えていた。母の畑は狭くても、しっかり手間ひまをかければ、それに見合った実入りが続いていたから……。この年齢になるまでこせこせと働かず、ゆっくりのんびりしたらよいのにと、貴子は不満だったが、これも母に与えられた天からのお恵みだと手を合わせることが多い。

朝市で土手の渡し板を踏み外して、下の川原に転げ落ちたのを境に、静かに進行していた脳の病いが露見した上に、半身不随かと疑う身となった。それまでは、〈あんたなんかの世話になるもんか、あんたは小島家の人や。さあ、帰った帰った！〉と意気込み、何かと減らず口を叩き娘を嫁ぎ先へ追い返していた。そんな時貴子は、〈こんな老醜漂う小汚いバアサンの世話なんか看るものか、自分以外には誰も見やしない。現に弟の慎一郎だって嫁の久子だって、寄り付かないじゃないか〉と大袈裟に思い、立腹もした。一瞬、金輪際老母の面倒など見てやるものか、なるほど慎一郎は松枝家の人間だ、遠く離れている弟の慎一郎に面倒を見て貰ったらよいわ、とその都度気が立った。母親は小島家への遠慮もあって、こうした〈なも心配いらん子や〉と強気なことを言っているのだろうと察し、すぐにまた元気な母が好きになり、むしろ逆に自分が勇気付けられて安心するのだった。

貴子は今では、怪我をして寝込んでしまい、元気の失せた母親を見て哀れに思い、涙ぐんだりもしている。怪我は老人を寝たきりにしてしまう。減らず口を叩いて貰って、自分も気丈になりたいと願っている。

「おチヨさん、明治の女は強いよね」

貴子はそう言いながら、明治女は本当に身も心も実に強いと感心している。

「もう、分かったから、まず私のスペッシャル・ドリンクを飲んで、元気でおらんならんやろう。……明治四十五年八月にゃ、もう大正になったんだから、せめて七月中に母親が腹を痛めて生んでくれていたらっていう、おっ母ちゃんのいつもの長話、何遍も何遍も聞かされて、もううんざりや。おチヨさん、そんなに明治女になりたいんか。……わたしなんか、戦前じゃなくて戦後に生んで欲しかったわ。こんな田舎でも、何や、あの戦時中の物資難、食糧難、みんな惨めなボロ着て……」

貴子は紙コップの底を軽く叩き、最後のひと滴までおチヨさんの口に落としている。あと五、六年と呟いた千代乃はごぼごぼっとジュースを戻した。

「こんな貴重なものを吐き出す人がおるかいね」と、娘は母の胸元に広げておいたビニール袋を慌ててつまんだ。袋に溜まった液体を空になった紙コップに流し入れる。

「今日は二回目や。……もう、疲れるわ。飲んでる最中に、どうでもいいことを喋るからや。こんな貴重なものを吐いたりして、……またあとで」と、ビニールの縁の皺を伸ばしながら我慢がならずに口走ってしまう。

「もうあと四年や、七年でもいい。……明治の女って聞けば、のう、とうに、百歳を超えてるって、誰もが思うがね。五年なんて、十年だってあっという間や。わては生まれつき運の悪い女やった。明治の女にはなれんかったがね」

こう訴えたあと、一寸早めに生まれていれば、明治の女やったのに……。同じ子年《ねどし》でも一寸の遅れで大正の女にされたんだ。大正なら大正で、もう二、三年遅く生んで貰えたら、わては虎は虎でも、甲虎《ごうのとら》になれたのに……、といつも言い足すのだった。

「お千代さんは、子年でも虎、それも甲虎の威を借り、気丈な女で一生を思いのままに生きてきたじゃないの。年老いた今だって、こうして意気軒昂じゃないのよ」

貴子は、千代乃のいじらしい願いを聞くたびに、今はいっとき越前武生で仮住まいをしている、弟の慎一郎にも親孝行をさせてやりたく思うのだった。武生でも越前の国分寺や越前国の神社の代表、総社の近くの一等地に居を構えている。貴子は母に対しても弟に対しても、この所すっかり考え方が変わってしまった。慎一郎もとうに盛りを過ぎ、身体も頑丈とは言えず母親より長生きできるという保障はどこにもない。病気に直接関係はないものの酷く視力が低い。慎一郎は手や耳の力を借りて、視力を補っている節がある。貴子は慎一郎のことで電話でも入ると、その都度肝を冷やすのだった。高所から落ちたのでは、交通事故に遭ったのでは、などと胸騒ぎを起こすようになっている。貴子は三人の中で自分が誰よりも早く逝くのでは、と弱気に考えることもしばしばだった。

急にひ弱になった母を、珍しく弟の慎一郎が介護の手伝いにやって来ると聞いて、貴子は急に疲れが出るのを覚えた。母を看る手を休めることができるという安堵と、男の不器用さと目がかなり不自由な弟が異性の母を、自分ほどには介護できないだろうという不安とが入り乱れ、また心が揺らぐのだった。

「だって貴子、わてはこの町じゃ一番の年長者だよ。この町じゃ、百歳になったら市長さんがお祝いを持って、いいかい、じきじきに馳せ参じて来なさるんだからな。そん時がわての一生に一度の晴れ舞台だがね。還暦のお祝の折も、前々から期待して戴く当てをしていたのに、知らない間に貰えなくなっていたがね」

目やにだか涙だかを、手の甲で拭いながらいつになくはっきりと言い切った。

「大袈裟よ、一生に一度だなんて……。還暦のお祝いなんて、子供のわてらもあげようなんて思ってなかった。長年生きてれば晴れ舞台は人には言えないほど、何度も……」

貴子は、母親の一番の晴れ舞台が何だったかを聞きたく思っているが、それらしい色艶のある話をしてくれたことは一度もない。弟の慎一郎が金沢の木工専門学校に合格した時は、もう忘れることができないと言うばかりだった。嬉しかったのか、難儀に思ったのかはっきりしないが、あのときゃと言って、口を噤《つぐ》んでしまう。

「で、そん時は何としても、誰よりも元気な姿で朝市に立っていたいがね。あと三年半ちょっと頑張らなきゃ、その日まで、わては病気なんかじゃ、寝ておられんのじゃよ。たかがこんな骨折なんぞで……。市長さんが来て下さるまでは、……死ねんのさ」

千代乃の声は小声ではあったがはっきり聞き取れる。かなり容態がよいようだった。

「何言ってるのよ、三年半じゃないわよ。市長さんの話って五、六年前の選挙の時、人気取りに提案した、あの公約でしょう。いつ取り止めになるか分からないわ」

「年寄りと違ごうて、若いもんは嘘をつかんよ。まだ世間ずれはしていないし、揉まれてもいない。純粋一本、一直線だよ、こんだの市長さんは……」

「三十代の、今の市長さん、数年後まで政治生命あるかしらね。町民で百歳まで頑張れる人がいないって分かっていての口約束よ。今じゃ誰もそんな話、覚えていないわよ。市長さん自身も……。そんな暢気な余裕なんか、どこにもないわ」

貴子はおチヨさんと一緒に、これから十回も十五回も前庭のモミジが紅葉し、雪中の越前水仙を見届けなければならないのかと思い、ふと気が重くなった。

「だから、早ように百歳になりたいんや。九十九歳の白寿のお祝いなんか、わてには用なしやわ。明治の女だって言えば、そりゃ、お前、とうの昔に百歳を……、なあ」

千代乃はぼそぼそと言って、ふんと笑った。老婆の長い長い人生の、いったいどの辺りのことを想い出して、ふんと鼻から息巻いたのだろう、と貴子は思った。

「おチヨさんのお目当ては、今さら市長さんから、御祝儀の十万円、貰ったってどうするのよ。おチヨさんの臍繰り、たんまりあるじゃないの」

貴子は親孝行のつもりで聞き飽きた、分りきった母の返事を聞いてやっている。年老いたら小銭を持っていないと、子供も孫も寄り付かない、と千代乃が市場の仲間たちにしょっちゅう嘯《うそぶ》いていることを、貴子は聞き及んでいる。これまで何かの折に実家を訪れると、そのたび母は、お金は幾らあっても邪魔にはならないだろうと言って、提げ紐を巻き付けている布製の縞の財布から、四つ折の千円札一枚と五百円玉一つを、いいからいいから、親子の間柄だ、何も遠慮せずともよい、と言って貴子の手に持たせるのだった。五、六年前まではきっぱり断ったり、時には寄こすんだったら一万、二万と纏まった金をくれたらいいのにと言い返したりもして、その折々の自分の気分と母親の顔色を窺って、貰ったり断ったりしていた。最近はそうした心理や感情のやり取りも十分にはできなくなっているので、ただありがとう、いつもいつもどうも……、と成り行きにまかせている。

不思議なことに、百歳になったら市長からご祝儀が貰えるという、この話とそれに関わることだけは、千代乃はいつも割合正確に受け応えるのだった。

「どうするって、お前、いつも言ってるがね。慎一郎に仕送りしてやるのさ」

「慎一郎じゃなくて、慎一郎の息子の誠一郎《せいいちろう》クンでしょう。おチヨさんが可愛がってている孫の誠一郎クンにって……。いいのよ、私に遠慮なんかしなくていいのよ。誠一郎クンは松枝家の人だからね。どうせ私は小川家の墓に入る身だからさ。おチヨさんが稼いだお金は、おチヨさんが好きに使えばいいいんだから……」

貴子は伝わりそうにもないのに、ちょっと拗《す》ねずにはおれなかった。

「慎一郎は我慢強い子だから、どんなになっていても、何も言って寄こさないが、苦労しているんだよ、きっと。言ってくれりゃ、少しは足しになってやるのに……」

「母ちゃんは、何かと言うと小さい時から、慎一郎、慎一郎だったわね。私と慎一郎じゃ、ずい分扱い方が違ったわね。男の子と女の子っていう違いだけじゃなかったわね。物分かりのいいおチヨさんにしては片手落ちよ」

ぶつぶつ小言を言う貴子に千代乃はううっと口籠り、何か言いたそうだった。

「いつも姉の方が我慢、辛抱、お姉ちゃんだから、だったわね。そんな時、弱虫泣き虫の慎一郎を母さんに見つからないように、陰でいくつも打《ぶ》ってやったわ。母さんは、私がそんなことをしていたって、知らなかったやろ。私って、意地悪なんだから……」

貴子は、何十年過ぎた今でも、母親にその頃のことを訴えると、たとえその頃のことが母親に伝わっていなくても、胸のつかえがすっきりするのだった。

「金沢で三畳間を借りている慎一郎は、賄い付きで月々二千円も要るんだよ。余分に十万もありゃ大助かり、一万五千円の学費を払って、何とか卒《お》えさせてやれるがね」

「何、言ってるのよ。おチヨさん、慎一郎どころじゃないわ。今じゃね、孫の誠一郎だって大学を出て、りっぱに所帯を持ってるわよ。慎一郎んとこは、もう夫婦だけになってしまってるのよ。気の強い久子さんと二人だけで、もう誰も他にはいないのよ」

同じことを何回も繰り返すが、慎一郎たちが母を避けているとは言えないでいる。

「わてもそりゃ女手一つで、難儀しているわね」と、ぽつりと千代乃が声を低めて言った。あちこち身体に不都合がある、頼りの一人息子を形だけでも技の学校に入れて、何とか肉体的な負担を少なくしてやりたいと寝ても覚めても、一生願い続けてきた。老婆にしては半眼瞑想の身を整えた姿に見えた。

「いつのことを言ってるのよ。いくつだと思ってるの、自分の年を……」

「畑の脇に、掘っ立て小屋を建ててもらい、お天道さまが出ておいでる間は、働いて働いて、働きづくめ。暗くなっても家にも戻らず、すぐ仕事に出られるように、小屋に寝泊りしたもんさ。でも何やな、わての苦労なんてしれたもんだ」

気分のよい時は、身体の達者な時ほどのもの言い、受け応えをする。

「また、慎一郎の苦労話かね」と、貴子が拗ねて訊ねる。

「あの子は見ず知らずの金沢に出て、アルバイトとかいう難しい仕事をして、苦労しているらしい。何とか大枚を工面して、早く仕送りしてやらな、いかんのや。アルバイトっていうのは、ここらにはない、難しい仕事らしい。あの慎一郎が耐えられるかのう」

慎一郎のことなど、糞食らえだと貴子は思っている。千代乃にしたところで、あの頃は、畑の中の掘っ立て小屋で何をしていたか分かったものではないと噂を立てられていた。恰幅のよいオンちゃんから、お前の母ちゃんは夜業《よなべ》に、男を銜《くわ》えていると言われたことがあったが、当時の貴子はオンちゃんの言いたいことがまったく理解できなかった。

〈あのオンちゃんなら、畑にね、鍬を入れて手伝って貰っているんよ〉

小娘の貴子は怒鳴り散らしたつもりだった。だが、傍に寄って来た別の男と二人で、笑い崩れているのが腑に落ちずにいた。からかわれていた母親を思うと、今でも腹が立つ。恰幅のよかった男も、傍に寄って来て一緒になって笑った男も子供や孫たちをこの世に残してあの世に行ってしまって、もう現世にはいないだろう。もしおチヨさんとあの畑の中の小屋でつるんでいたとしても、夏虫のかげろうのように所在ないものに思えた。

今想い返して見ると、ある夕方、〈母ちゃんはいるか、いつも夜になると姿を見かけないようだが……〉と、母が朝市でいつも何かと世話を掛けているらしい青年がやって来て尋ねたことがあった。その頃、〈朝、早起きして一番に朝市に行くために、母ちゃんは畑の小屋に泊ってるんや。こんことは絶対誰にも言ったらあかん〉と、きびしく言い付けられていた。日頃慎一郎ばかりを贔屓していて、二歳しか違わないのに、そんな弟の夜の面倒を見させている母親に腹が立っていて、我慢ができずにいた。たった一度だけ、その男に母の居場所を教えたことがあった。おチヨさんは、夜業に男を銜えていると噂が流れたのは、その直後だったと思う。

「慎一郎がのう、慎一郎が……」

「慎一郎だけじゃないや、おチヨさん。私《わて》だってそりゃ、母ちゃんには言えんくらい苦労したわ。慎一郎なんか、甘っちょろいもんやった！　何や、弟なんか、何一つ……」

「今、何とかしてやんなきゃ、慎一郎がのう、慎一郎が……」

「母ちゃん、あの頃は誰でもどこにいても、みんな誰でも、苦労して生きておったんや。

そんな時代だったや、日本中が……。この辺りはまだいい方だった」

母に通じないと分かっていても、口に出して言いたいことだった。貴子は母に訴えるというより、自分に言い聞かせ、自分を慰めていた。今でも母の慎一郎への贔屓は気に食わず、腹が立つ原因の主な一つになっている。

「賄い付きだから、朝晩の食事は下宿のおばさんが出して下さる。こん世ん中、何でもお金や。お金さえありゃ、のう、お金って本当にありがたいもんだね」

慎一郎は身体が丈夫ではないから、出されたものを何でも食べられる子じゃないんだ、と威張ったような声で心配する。固いものでも柔らかいものでも、臭《にお》いの強いものでも口に入るものは何でも食べるように教えたのだが、慎一郎はどうしても好き嫌いがなくならなかった。滋養のあるものなら好き嫌いせずに何でも食べれば、放っておいても丈夫になり、りっぱな身体になるものをという、いつもの話にならないかと貴子は気にしている。母の思うようにならなかった、こんな話の時も慎一郎のことを今もって心配しているのに、結婚以外のことならほとんど何でも母親の言うとおり、命じるままにしてきたのに、一言も自分の方は褒めてくれない、と貴子は拗《す》ね始めている。

貴子は母や近所の有力者から薦められていた、土地持ちの名家へは嫁がなかった。母の言いなりに、そんな家のバカ様と一緒になってしまったら、ますます母を調子付かすだけだと思った。従わないだけでなく、男前だったが風来坊との風評が立っていた、今の旦那と県下第一の町へ駆け落ちをしてしまった。度胸も坐っていて気風のよい男と二人で土木作業などを始め、時代の波にも乗って土建会社を作った。現在はずい分情けない経営状態になっているが、ひと頃はダンプカーを五、六台所有し、三十人近い人を雇っていてなかなかの羽振りだった。貴子は、いろいろな面でひと通りの親孝行はして来たつもりで、満足に思っている。いっときの親不孝は十分返上したと勘違いしている。貴子の蒔いた種は、取り返しの付くような性質のものではなかったはずだ。

貴子は、源蔵爺さんや母が薦めた地主の名家へ嫁いでいたなら、と考え及んだことも一度や二度ではない。土建会社の経営に難儀し四苦八苦している時ではなく、順風満帆の折、夫の社長がダンプカー横付けで三国出村の花街に繰り込み、散財する折だった。地主の主人なら、小作人があれこれ助けを乞えば、騙されていると分かっていても、救いの手を差し伸べただろうにと思う。貴子はその都度、贅沢な選択だと今の幸せを感じ取っていた。

臍の緒

慎一郎を専門学校に送った頃と、貴子が駆け落ちした時期が重なったので、母親の苦労は大変なものだった。気苦労だけでも計り知れないものがあった。性格が明るい千代乃は豪快に笑い飛ばしていたから、誰一人千代乃の苦悩を読み取った者はいなかった。

〈何事も、おチヨさんみたいにしておれたら、幸せだわ〉と、感心するばかりだった。

千代乃は四、五十年以上も前の話を水車のように、くるくる回して思い出している。貴子はいつも親孝行のつもりで辛抱して聞いてはいるが、この頃は相槌《あいづち》もほどほどにしている。母がうとうとでも眠りに就いたら、人づてに聞いた駅裏にある漢方薬の店へ、ただちに駆けつけようと考えている。

貴子は何年か前、臍の緒は本人の難病奇病に効き目がある、と友人の一人から教えて貰ったことがあった。その友達の三十過ぎの息子が、手足が痺れる原因不明の病気に罹った。今は、特に都会では産院で出産することが多くなり、赤子の臍の緒を母親に渡すようになっている。昔は、産婆に赤子を取り上げて貰っていたから、臍の緒を残す習慣はなかった。幸い貴子の友だちは息子の臍の緒を取って置いていた。桐の小箱の裏面に息子の生年月日や産院の名前の記された紙が張られていたという。テレビ番組を観て、臍の緒の効用を知ったらしい。臍の緒が難病奇病の治療に役立つとは思いもよらず、信じてもいなかったが藁をも掴む思いで、効き目があったとか、楽になったという話を聞き込むと貴子の友人は次々と何でも試してみたらしい。川底の虫や珍しい南洋の海藻を求めてあちこち出かけたらしい。何年も掛かってようやく臍の緒に辿り着き、効き目が目に見えて現われてきた。それ以前に打ったどの手がよかったのかは分からない。すべて無駄なもがきだったかも知れないが、とにかく臍の緒は救いの神だった、と明るい声で話していた。息子の臍の緒を粉末にし、ごく微量を味噌汁やジュースに入れて、飲ませ続けたところ、臍の緒が無くなりかけた三か月後には彼の手足の痺れはほとんど治まった、とその人は得意そうに貴子に報告したのだった。その苦労話を聴いた時は、そんなことってあるのかね？　不思議な話ね、臍の緒って神秘的なものなのね、と珍しい話として他人ごとにしか耳に留めていなかった。臍の緒は母と子を繋ぐ命綱だったのだから、今は、人間の科学などでは解明できない神秘さ、神聖さが潜んでいても少しも不思議ではなく思えてきた。

そう言えば弟の慎一郎は幼い頃から視力が低く、ただの近視ではなさそうだった。その原因は内臓の弱さから来ている、と近所の古老から教え聞いた母親は、早速古老に言われたがままに、鶸《ひわ》の肝《きも》を慎一郎に食べさせた。行商の折、ひと山奥に住んでいる猟師に頼んでおいて、鶸が獲れた時には肝だけを分けてくれるように話をつけ、格安に譲って貰っていた。可哀想に慎一郎は鶸の肝が手に入ると、呑み込むのが嫌で逃げまわっていた。かなり日を経ても貴子は、どろっとした生の鶸の肝を直視することができずにいた。鶸のあの独特の生臭さが、今でも鼻を突くような気がしてならない。

「これを食べるといっ時でも、物がよく見えるようになるから我慢して食べなくっちゃ。大人になって目が悪いと、何かにつけ余計な苦労をするから……」と言って、千代乃は猟師への注文を続けた。何が切っ掛けだったのか、半年も経たないうちに鶸の生肝《なまぎも》の注文は止んでしまった。鶸の獲れる季節でなくなっていたのかもしれない。と言う訳で翌年春には慎一郎はもう鶸の生肝を食べずにすんだ。

慎一郎はまた肝油や高価な五臓何がしという缶に入ったコールタール状のものを一日に二回、舐めていた。それは薬臭くてほろ苦い味だったが、飴のような甘味があったので、貴子は慎一郎の薬を狂言の〈ぶす〉のように少しずつ目立たないように舐めていた。こうしていつも千代乃は、慎一郎のために何かと健康へのお膳だてをしてやっていた。

当時はよく見かけた光景だが、ある時八卦見《はっけみ》の老婆がやって来て、この子の視力が低くて目が悪いのは、この家の先祖が灯りを惜しんだためだと諭した。この祟《たた》りの鎖を断ち切るには、灯明をあげてお仏壇にお参りをしなさいと説明した。直接、先祖の血筋を引いていなくても先祖の祟りを被るのかと千代乃は疑心暗鬼だったが、駄目でも無駄でも試してみる気になっていた。慎一郎はまだお経をあげられなかったが、来る日も来る日も仏壇にローソクをあげ、両手を合わせて畏《かしこ》まっていた。貴子の方は礼儀正しくお参りをしなくても、母親にとやかく言われなかった。慎一郎がしげく仏壇にお参りしていた期間は、これも何か月間かで長くはなかったが、弟より自分の方を母が何も言わずに大事に思ってくれていると、貴子は嬉しく感じ取っていた。

思い出せばまだ他にもいろいろあるが、結局効き目があったものは何一つなかった。慎一郎は一生、生れ付きのまま、弱い目と付き合って生きて来ている。いわゆる近視ではないから、眼鏡では視力を矯正はできない。弱視のような状態で、先天的だと目医者に宣告され、結局原因不明の病い持ちで、治しようがないと見放された経緯《いきさつ》がある。

目だけでなく、身体自体が病弱な弟ばかりを大事にし、自分のことをあまり構《かま》ってくれない母親を、貴子はひどく恨みに思ったことがある。長男の慎一郎だけが千代乃の子で、長女の自分は実の子ではないのではないかと真剣に思い悩んだこともあった。最初のうちは二歳年下の弟をイジメて気晴らしをしていた。イジメ甲斐のない弟だったので貴子の不満は納まらず、時々母に向けて矢を放ったこともあった。

貴子はこの二か月ほど前、千代乃の臍の緒が無いかと昔から納戸になっている部屋に入ったことがある。幼い頃近所の友だちや、時には弟の慎一郎と隠れん坊をして遊んだ部屋だ。当時よりも部屋全体が燻んでいて、壁も一部剥げ落ち荒縄が見える箇所もあった。この家を離れて何十年にもなるが、家自身も古び、ずいぶん年老いたものだと侘しい気分に追い詰められていた。床や長持の上には厚さが測れるくらい埃が堆積している。手拭で口と鼻を覆い、奥へと進んだ光景が思い出される。長持や箪笥を次々に開けて回った。そのたびに埃が雪崩《なだれ》落ち、部屋の中に白煙が籠ったように感じた。最後に鉄製の取っ手が付いている古い箪笥を丹念に調べたが、それらしきものは見当らなかった。

埃が一段落収まったのを見届け、貴子は気持を整え再び箪笥の中身を吟味し始めた。幾《いく》棹目《さおめ》かの箪笥から意外なものがいろいろと見つかった。やはり北前船で使用したもので鉄の板が縁《ふち》に取り付けられた頑丈な船箪笥だった。箪笥の上段の鍵の掛かる引き出しから、貴子自身の臍の緒が出て来た。銀製の耳掻きふうの簪《かんざし》や真鍮の指貫《ゆびぬき》などと一緒に混ざっていた。貴子の臍の緒は、綾織りの生地を使った手縫いの巾着袋の中にあった。色褪せた和紙がのし紙型に折られていて、その中に黒褐色の臍の緒が入っていた。包み紙の裏には昭和十壱年と毛筆で認《したた》められている。壱は同時に三とも五とも読める曖昧なものだった。臍の緒を包んであった京紙の端に〈タカコ〉と、走り書きされていた。貴子は、背筋に冷気が走り、部屋中に霊気が漲るのを感じ取っていた。当たり前と言えば当たり前だが、母千代乃の臍の緒は見つからなかった。千代乃本人のものでなくても、娘貴子の臍の緒でも母の病いが完治するような気分を味わっていた。めでたく百歳まで、少なくとも傘寿、米寿まで健康で生きられるようにと、貴子は心の中で一心に祈っていた。

　最下段の鍵の掛かる引き出しからは、貴子が種痘を受けた、薄緑色とピンク色の証明書がそれぞれ何枚か出て来た。注射を受けた年号がはっきり読み取れた。そのほか、古いはがきやハトロン紙の封筒が相当数あった。初めて見る何箋何十箋という単位の、珍しい切手の貼られたはがきや手紙だった。幼い頃の弟慎一郎との記憶は、ぼんやりと霞がかかっていてはっきりせず曖昧だったが、箪笥の中の古い書類の中に自分たちの戸籍謄本が挟まっていた。貴子が知らなかった、誰からも聞いていなかった新しい事実がいくつもぼんやりと出てきた。一々の詳細は理解できなかったが、あちこちにいくつも大きな×印しがついた、名前の書かれた四角の枠があった。

千代乃は再婚者だった。貴子自身が千代乃の連れ子で、さらに弟の慎一郎は千代乃の実子ではなく、どうも母の前夫がよその女に孕ませた子のようで、親子兄弟の関係が今ひとつはっきりせず、実態が掴めない感じだった。貴子は、母親千代乃が松枝家の後妻として入る時貴子の臍の緒を持って入っていたこと。松枝家の人々は、夫婦親子の血縁がきわめて複雑で、しかも希薄で実際に血の繋がりがあるのは、千代乃と貴子が母娘の関係にあるだけだった。明確な記憶はないが終戦直後に生まれ、すぐに死んだ子がいたはずだが、真相を探求しようという好奇心も萎えてしまう始末だった。貴子は、母千代乃が娘の臍の緒を大事に仕舞っておいてくれたことを通じて、年老いた今、初めてこれまでのこと、あれこれすべてを許し、ただただ感謝することができる、切っ掛けとなった。

鍵の掛かる引き出しは母の介護をするようになり、初めて鉄の黒い鍵が箪笥の隅に無造作においてあるのに気付いたのだった。

貴子は自分の臍の緒を発見した後しばらくの間、自分が不治の奇病に罹った時役立てようと考えていた。母千代乃があまりにも百歳に拘り、脳軟化に侵され記憶のある部分が欠落しかけ、腰をしこたま打ったのを機にさらに神経が侵され半身不随に追い込まれた。百歳まで生き長らえるものなら、また少しでも明晰な頭で生きて貰えるなら、貴子はまず母のために自分の臍の緒を使おうと決心した。

この二か月余りの介護の間に貴子の臍の緒はほとんど無くなりかけ、二日もすると貴子のスペッシャル・ドリンクもお汁も母に出せなくなってしまう。貴子は自分の臍の緒を自分のために使えなくなった不満不安より、病んでいる母にスペッシャル・ドリンクを提供できない心細さの方が日増しに募ってきていた。

慎一郎が一時的にしろ、ようやく母の介護に戻って来てくれることになった。それを知った貴子は気持が宙に浮いている感じだった。慎一郎は、老母に近づきたがらない妻の手前、できるだけ遠避けていた気配を貴子は感じ取っている。早く百歳になりたいというおチヨさんの言い分は、貴子には一方的な話だったが、千代乃自身は普段よりはっきりと筋道を立てて話ができ、満足そうだった。貴子は、リンゴのスペッシャル・ドリンクに眠り薬も少量加えたのを思い出し、再び千代乃の顔に視線を落としていた。

前庭の銀木犀が控え目な香りを漂わせ始めた頃、慎一郎が松江の里に一人で戻って来た。姉の貴子には頭を傾けて会釈をし、すぐさま奥の母親の部屋に入って行った。

「母さん、まだ寝ているのかよ。駄目だよ、歩く練習をしなくっちゃ。骨が固まってしまうと、もうずうっと動けなくなってしまうよ。姉さんの言い付け、守れよなあ」

慎一郎はできるだけ大声を張り上げて、越前武生から見舞いに来たことを吹聴してみせている。妻の久子は、ずいぶんご無沙汰しているがお母さん、お姉さんによろしく伝えてと言って慎一郎を送り出したが、結局姑の見舞いに同行しようとはしなかった。

「おおっ、誠一郎クンか。おばあちゃん、ちょっと転げて怪我しちゃったんだ。……散歩しようって、手を取ってくれるって、おおっ、いい子だね」

千代乃は弱々しく右手を宙に浮かせている。

「母ちゃん、オレだよ、慎一郎、慎一郎だよ」

脳軟化による母の認知症が思いのほか進んでいるので、慎一郎はおろおろしている。

「おチヨさん、誠一郎クンがね、明日も、今日みたいに天気だったら一緒に、散歩しようって……。明日もいい天気だよ、きっと。よかったね」

貴子は、慎一郎の戸惑いをよそに千代乃の顔の上へ身体を乗り出して、囁いた。千代乃は唸りながら両手をもぞもぞ動かしている。

「姉ちゃん！　母さん、いつからこんなに悪くなっていたの？　ずいぶん酷い状態じゃないか、もっと早くに」と慎一郎は目頭を押えながら、千代乃に背を向け小声で貴子に訊ねた。何とかできないものかと焦っているようだった。「女房の、……ヤツの言い分なんかに、遠慮せずにもっと早くに来ればよかった」と、慎一郎は独り言を言っている。

「でもね、これでもかなり持ち直したのよ。そのうちひと昔以前のように……」

「やはり姉ちゃんの臍の緒のせいかな。本人のじゃなくても効くんだ。すごいなあ、やはり血の繋がりってのは、さ」

慎一郎の話を上の空で聴いている貴子が、脳裏では駅裏の漢方薬店で地龍、中国産の太目のみみずが、しかも数匹絡んだ塊を買い込んだ時の情景が閃めいた。みみずを乾燥したもので、北陸ではあまり普及していない漢方薬だった。一瞥しただけでは地龍の固まりには見えない。臍の緒と言えば、そのようにも見える代物だった。貴子は、自分の臍の緒がなくなった今、慎一郎の臍の緒がどうしても必要だと思い立った。地龍はよく煎じて飲めば解熱に効果があること、とうもろこしのヒゲも煎じて飲めば利尿に効き目があることなどなど、貴子はちょっとした漢方薬の知識を持ち合わせていた。

「姉ちゃんのは、もう残り少ないんだろう。姉ちゃん自身が重い病気になったら、どうするつもりなんだ」と、姉が返事に躊躇している間に弟の慎一郎が畳み掛けて聞いた。

「私の臍の緒なんか、もうないわよ。もともと無かったって思えば、そんなものに頼ることないじゃないのよ。ひと昔前まではそんなもの、誰も……」

「この前の電話で、オレの臍の緒があるって、言っただろう。納戸の部屋に、さ」

慎一郎は、貴子のひそひそ話に業を煮やし、母親の傍にいるのも忘れ、大声で対した。

「……あるってのは、あるかもって。……姉ちゃんのはあったって、言っただけよ」

貴子は布団に背を向け、慎一郎の肩を左手で抱え込むようにして、右手の人差し指を唇に当て、慌てて声を落とすように促している。

「何、言ってるんだ。姉ちゃん、はっきり言ったじゃないか。母さんを助けてやってくれってさ。最後の親孝行になるって……。オレは姉ちゃんが我が身を顧みず、献身的な介護をしてくれているから、陰ながらずうっと感謝していたんだ」

「それはそれでありがたいけれど。臍の緒なんてね、黒豆、三つぶほどのものよ」

「姉ちゃんは小島家の人、オレは松枝の姓を名乗っているが、情けない男なんだ。猛省して、今回は腹を括って戻って来たんだ。何十年も前の学生時代から、あんなに迷惑を掛け続けて来たのに、さ。ほら、なあ、やっぱり姉ちゃんのスペッシャル・ドリンク、使い果たしたんだろう。姉ちゃん、これまで本当にありがとう。ご苦労さんだったね。今度は、オレがこんな身体だけれど、親孝行する番だ。教えてくれてありがとうな」

慎一郎は感極まって咽び泣いていたが、急に立ち上がって母のいる部屋を出て行った。しっかり前方を見つめ、姉の呼び掛けにも応じず、納戸に入って行った。彼女は、タカコと記された千代紙を折り畳んで、お守りとして身に付けていることに、安堵した。

「うちのヤツは、こんなにはできないな。第一、やる気がないもんな」

床には埃が広がっていたが、それでも箒を当てた跡が見て取れた。慎一郎は迷うことなく隅の箪笥に向かい、上段の引き出しから、綾織りの袋を取り出した。袋を顎の辺りまで引き寄せ、不器用に巾着袋《きんちゃくぶくろ》の中の和紙の包みを手に取った。

「姉ちゃんが教えてくれたの、これだ！　昭和の年号がはっきり書いてある。十三年って読めるな。臍の緒って、こんなもんなんだ。土くれみたいなもんだね。まあ、人間も大地と繋がっているっていうからな。実物を見るのは初めてだ。乾いた蚯蚓《みみず》みたいだね」

ぶつぶつ言いながら、慎一郎はずんぐりした固まりを鼻の先で、見入っている。

「ちょっと聞いてよ。それはねえ、慎一郎、……」と、貴子が話掛ける間を計って言った途端、「分ってるよ、これだな。これを粉末状にしてほんの少しずつ、だろう」と応え、慎一郎は自分の臍の緒と認めたものを持って、納戸を出て行った。

慎一郎はすぐさま台所に入り、乾いた俎《まないた》の上に臍の緒のカケラを置き、丹念に包丁を入れた。冷蔵庫のオレンジジュースをコップに注ぎ、包丁で掬った粉末をコップに移し、マドラーで丁寧にかき回している。慎一郎はお盆にも載せず、コップを握って母の枕許に急いだ。水滴で濡れたコップは薄暗い、母親の枕元で光っていた。

「さあ、母ちゃん、いいか。これからはな、オレの、慎一郎のスペッシャル・ドリンクで元気になるんだ。なあ、母ちゃん、百歳まで生きてよ」

慎一郎はコップの液体をスプーンで掬い、千代乃の口に含ませている。「慎一郎のだよ、慎一郎のスペッシャル・ドリンクだよ」と言い含めながら、運んでいる。千代乃が「慎一郎っ」と呟いて、目に涙を浮かべたようだった。

「泣くなって……。今頃になって、めそめそするなよ。これまで長い間、母ちゃんの涙なんか、一遍も見たことないんだからさ」と言ったりしながら、コップの中身がなくなるまで、時間をかけて飲ませていた。

翌日、慎一郎は母親を背負って前庭に出た。千代乃は右手を慎一郎の肩越しに伸ばしているが、左手左足はぶらりと垂れている。慎一郎は母親千代乃の尻の下で両手を結んで、よたよたと歩き出した。これまで何十年もの間、元気で強気な母親を背負うなど、想像したこともなかった。慎一郎自身、思いのほか健常に歩けるのが不思議だった。貴子は、大丈夫、無理しないで、と横から心配そうに声を掛けている。

「ほら、母さん、銀木犀《ぎんもくせい》のいい香りがするだろう。小さい時、オレさ、落ちた小さい花を集めて、呑みこんだことがあったたっけね。……ほら、こんなに綺麗だもんな」

慎一郎は次の日も、天気がよかったので母を背負って外に出た。毎日少しずつ歩く距離を伸ばして、一週間もすると屋敷を出て、近くの東尋坊の見える小さな公園まで到達した。ほら、母さん、……ねえ、母ちゃん…と呼び掛けながら、ぶらぶら千代乃を背負って散歩するのだった。千代乃は、誠一郎クンと呼ばなくなり、ありがとうね、おおきに慎一郎、と反応するようになった。

「おっ母ちゃん、オレのスペッシャル・ドリンクや特別の味噌汁、効き目があるだろう。姉ちゃんのと少しも違いがないだろう。ねえ、母さん、明日はオレと二人三脚で、二歩でも三歩でも歩いてみようよ。絶対、歩けるようになるから……」

家に戻ると慎一郎は、形見離さず身に着けている臍の緒を取り出し、食べ物や飲み物にほんの少しずつ混ぜて千代乃に出すのだった。

「帰って来たの？　ご苦労さん。慎一郎がよくしてくれるんで、どんどん元気になってるね。本当にありがとう！　この調子なら、近々、おチヨさんも明治の女だね」

千代乃の布団で体を休めていた貴子が、横になったまま慎一郎に静かに礼を言った。

「そうだよ、ねえ、母《かあ》ちゃん、明日から一緒に歩くんだもんな。きっと、一歩二歩、歩けるよ。しっかり飲んでしっかり食べて……」

慎一郎はそう言って、母の肩越しに姉に目をやった。

「ああ、イヤになっちゃうな。姉ちゃんが目に涙を溜めてる。疲れているんだよ。長いことおっ母ちゃんの世話をして来てさ。元気、出せよ！　待ってな、……姉ちゃんにもオレのスペッシャル・ドリンク、飲ませてやるから」と言い足して、立ち上がった。

「姉ちゃんは大丈夫だよ。ねえ、慎一郎、ちょっと……」

「遠慮すんなよ。姉ちゃんのはもう無いんだろう。姉ちゃんもさ、元気になった母ちゃんを、一寸は見習えよ。効き目は実証ずみなんだから……」

慎一郎はようやく松枝家の男になれたように感じ、すがすがしい気分を味わっている風だった。千代乃が、ううっと口籠ったが、貴子は気付かなかった。

千代乃と貴子は頭を垂れ、慎一郎が戻るのを複雑な、しかし明るい気分で待っていた。

銀木犀の香りが漂わなくなり、花が満開になった頃、千代乃は慎一郎の肩に掴まりながらも、かなり遠くまで散歩ができるようになった。貴子は、慎一郎が信じている慎一郎の臍の緒がなくなるのをひどく気に掛けながら小島家へ戻って行った。

「それが無くなったら、姉さんに必ず連絡して頂戴ね。小島家の人の臍の緒がないかなど、調達法を考えるから……」と、貴子は息を切らして慎一郎に訴えた。

「駄目だよ、血の繋がりのない姉ちゃんの嫁ぎ先の人なんか、役立たずだよ。おれの分が無くなる前に、母さんはきっと昔のように元気になるさ」

弟の威勢のいい声を聞き、姉は……だといいんだけれどと答えるので精一杯だった。

源蔵爺と千代乃

源蔵爺が死んだ日、松枝慎一郎はつの字型に突き出た岬の突端にある、ガソリンスタンドで働いていた。相変わらず不慣れな給油係をしていた。冬の日本海は波が高く、段丘の裾を縫って走っている三桁の国道も、自動車の通行量がめっきり減っていた。石油ストーブに手をかざしながら、白い波頭が柱状の岩に砕けているのを、慎一郎はぼんやりと眺めている。黒く沈んだ雪雲が沖合から限りなく押し上がって来ている。窓ガラスががたがた鳴っている。無音の時は窓全体が道路の方に押されているような風圧を感じる。

折畳み式の椅子に掛けている女事務員は、紙袋に入った流行のチップス煎餅を食べながら、週刊誌を読んでいる。鼻の頭の汗を時々指で拭っている。慎一郎は自分の娘より幾つか年上の女に目をやった。娘の洋子は二十キロメートルほど離れた、県の中央部にある県立高校を出た。歌姫を志していたが、千代乃が予言したように赤子《あかご》の流行り風邪のように、二年とひと季節の熱い風に吹かれていたに過ぎなかった。幸い今は、その痕跡すらない。県有数の繊維会社の事務員として働いている。慎一郎は、娘の洋子は会社ではこの和代のようには働いていないことを祈っている。

「おおい、和ちゃん、ちょっと頼むわ」

慎一郎は壁の時計に目をやり、十二時を過ぎたのを確かめてから言った。

「松枝さんも大変ね。村の人はあなたのことを、あまりよく言っていないわよ。先々代の旦那のように蜂蜜は嘗めないが、時代の流れに逆らって、若旦那ぶっているって」

和代は週刊誌をマガジンラックに戻しながら言った。彼女はエキスパンダーでも持っているかのように、握り固めた手を両方に広げて、胸を突き出した。

「言いたいように言わせておくさ。バカ旦那って言いたいんだろう。何と言われても仕方ないよ。この年齢になっても、家一つ建て替えられないんだから。あんたもこんな見込みのない男と結婚しちゃ駄目だよ。待っていてもいい男は現われないがね」

そう言って、自分の左肩の筋肉を揉んでいる。肩の痛みを感じる年齢だった。

「おうちのことじゃなくってよ。お母さんのことよ。慎一郎さんが、火の気のない灰小屋にお母さんを放り込んでおくって……」

和代はストーブを背にし、尻を手の甲で撫でていた。

「婆さんに食事をやって来るよ」

慎一郎はジャンパーのポケットから軍手を取り出し、ドアを開けた。冷たい空気が事務室に入って来る。慌てて体を横にして出て行った。

スタンドの屋根の広告は道路の両側からよく見えるが、スタンドの前の道路は、つの字に曲っていて見通しがよくない。特に吹雪の時や夜間はなおさらである。ガソリンスタンドの明りを頼りに、スピードを上げて来ると、急にカーブと暗闇が重なるので、そこは運転手泣かせの魔の場所だった。

慎一郎は耳を擦りながら、スタンドの前の道路を横切ろうとしていた。三角形の頂点に立っている慎一郎には両方の道が見通せる。来た道、行く道である。国道脇の小道の両側にはかなり雪が積っている。真ん中は踏まれて地肌が出ている。国道沿いに入り母屋造りの家や、洋式の家が建ち並んでいる。二十年も前はこんな立派な家並ではなかった。最近は家並がよいので、この村は何かと評判になっている。慎一郎の家は昔のままの二階建てで、部屋数はある。納戸役の部屋もある。それでも縁側の方は、板戸の代わりにガラス窓付きのサッシュ枠が入り、中は明るくなった。

母親の千代乃も老女の仲間入りで、軽い惚けが時々出る。慎一郎と久子は大弱りしている。姑と嫁の諍《いさか》いも激しく、夫婦で泊まり込みの出稼ぎに出ていたが、急遽退職して三国へ戻ってきた。それでいて千代乃は村人や親戚の人には、いつもあれこれしっかりしたことを話す。これまでのこともあり、周りの人たちは老婆の言い分に信頼をおいている。

「嫁の久子がわてを虐《いじ》める。慎一郎も最近じゃ一緒になっていびる。世間並みに父さんがいれば、こんなことは許さないだろう。齢をとったらさっさと死ぬに限る」

村人に会うと、決まってこんな話をする。村人は老婆の話を面白く聞き、老婆に同情して煽《おだ》てる。百歳まで元気に生きて市長さんから祝い金を貰うのだと意気込んでいる千代乃を、自分たちの鑑だと褒め称えたり、時代錯誤の鳥部隊の女傑だと嘲笑ったりして、話の種にして楽しんでいる。さらに生真面目であっても、多少おとなしい慎一郎をも笑いものにして、恰好の話題にする。土地の人がおとなしいと表現する場合は、多少脳足らずのことを意味していた。村人はみな、誰でも多少変でおとなしいに決まっている。

「お父さんが羨ましい。早うに身を隠して……」

千代乃は家でもこう言って、着物の帯をふざけて首に巻いたりする。視線の座った老婆を、久子はもて余し気味である。

「久子さんがこれ以上わてを苦しめたら、家に火をつけて死んでやる。行商だって、もう昔のように分のいい仕事ではなくなっている。もう今さら何の楽しみもない。水仙畑だって手放せと言うもんもいるし……。何や、朝市だって昔風じゃなくなったしな」

このようなことを口走って、火のついたマッチ棒を投げたりする。そして水仙、水仙と叫び、そのうち嘘のように平静に戻る。冷静なときは、狂気の気配は少しも感じない。

「久子さんもご苦労さんだね。遠くまでマイクロ自動車に乗って、縫い物工場に働きに行くなんて……。女が家を空けて働きに出るのは辛いこったよ」

千代乃はこう言って嫁を労う。昔の母はいつもこうだったと慎一郎は思う。岬の村が慌ただしくなってから、千代乃もしょっちゅう苛立っている。慎一郎は鍵を開けて家に入った。土間に靴を脱ぎ捨て、藁すべに火をつける。杉の枯葉に火が移る。朝の残りの大根の刻み汁が煮立ち、味噌の匂いが辺りに漂う。母を家の中に呼べないのが気になっている。冷飯に汁をかけ、立ったまま飲み込む。悪寒が走った。

盆に飯と汁の碗をのせ、お茶を出す。慎一郎は歯に挟まったものを、舌で取ろうとして、口を横に広げ空気を急に吸い込んだりしている。味噌汁とお茶の湯気が立ち昇る。お盆を無器用に持って、戸を足で開けて玄関を出た。外は小雪が降り続いていた。

以前は薪や藁を燃やし、毎日かなりの量の灰が出た。その灰を灰小屋に仕舞い、畑に撒いて雪消しをしたり、作物の肥料として使ったりした。完全に火が消え切らない灰を小屋に入れて、夜中に出火した例も少なくない。夜中に大声で慌ただしく火事だ火事だと叫び、バケツに水を張って、出火元へ駆けつける風景をたびたび見たものだ。国道沿いの家では大抵道路の向こう側、つまり海の側に灰小屋を作り、灰小屋からの類焼を避けていた。灰が出なくなった現在、国道沿いの灰小屋は、ゴミ箱や破れたガラスや荒物などの危険物を放り込む場所として利用している。

松枝家は豊かではなかったから、家自体が浜通りには面しておらず、道路を隔てた所に灰小屋を設ける余裕はなく、母屋のすぐ軒下に作っていた。古くなった灰小屋は天井も四面も土壁で出来ていて、灰の投げ入れ口の扉にはトタン板が張られている。扉の下は三枚の横板がはめられている。灰を取り出すとき、その横板を外して必要なだけ灰を取り出す。昔は大活躍だったが、最近はあまり機能していない。

慎一郎は、年老いた千代乃が暴れて面倒を見れない時は灰小屋に入れた。敷布団や毛布を入れ、横板を一枚抜いて明かりをとり、通風もよくした。建てつけの悪い母屋より、ずっと温かだと慎一郎は思う。火を出す心配もない。慎一郎と久子が両方とも働きに出てしまう時には、心を鬼にして千代乃を灰小屋に押し込めた。初めのうちは、千代乃は灰小屋を出て来て母屋に入ろうと家の周りを何回も巡って、玄関の板戸をどんどん叩いたりした。ガラス戸の外からいつまでも家の中を覗き込んでいた。慎一郎が仕事から戻って見ると、こんなことを一週間も続けていた千代乃はおとなしく灰小屋の中に納まっていた。

「勘弁よ、おっ母《か》ちゃん！」

慎一郎は、横板の隙間から番犬のように外を覗いて、息子夫婦の帰りを待っている母を思い出して呟く。火事でも起こされたら大変だと、自分も辛い思いをして母を母屋から追い出す朝を思い浮かべている。登代子の母みたいな惨めな苦しみは味わわせたくなかった。ガソリンスタンドへすぐに戻らなければいけないので、千代乃に昼食だけ置いて行くしかない。せめて温かいものを与え、一瞬でも母を見届けに帰られるのが、村内で働いている役得だと慎一郎は誇らしく思い、安心もするのだった。

横板が三枚とも外されていて、小屋の中に千代乃はいなかった。毛布や布団に千代乃の温かさがあるかどうか触ってみたが、慎一郎には分らなかった。母の温かさだと思えば、そうも思える。布団のもともとの温かさだと疑えば、またそのようにも思えて来る。僅かに雪が積っている横板の上に、盆を置いて、灰小屋の隣の外の便所を探した。小窓から射す光で、中はよく見渡せた。千代乃の姿はなかった。便所の臭気が鼻を突き、目を痛めた。便所の向こうはもう庇《ひさし》はなく、雪がちらついている。慎一郎は便所の壁に吊してあった藁靴を思い出した。藁を木槌で叩いて軟かくし、縄をない、藁を編みつけて藁靴を作り上げた母の姿がぼんやり頭に浮かんで来る。藁靴の足跡を追った。大きな藁靴の足跡が段丘の共同墓地の方へと連なっている。緩やかな坂道でも、雪道は滑りやすい。今では村人もすっかり使わなくなってしまったが、藁靴は雪が積っていれば意外と滑らない。温かくて、ざくっとした靴の中の感触のよさを、慎一郎は今もしっかりと憶えている。こうした快適なものが、民芸の品物だけでなく仕来りや考え方などまでが、日常生活の場から一つ一つ姿を消してしまい、今は何も残っていないと寂しく思う。

慎一郎は千代乃が眉を寄せ、一点を眺め脇目も振らずに、坂道を登って行く姿を想像し、慌てて後を追っていた。

千代乃は、源蔵爺の世話で丘の上の畑中に新設された老人ホームに入所した頃の、曖昧な記憶を回想している。千代乃と慎一郎の嫁、久子との折り合いがうまくいかなかった頃の苦い思い出でもある。双方にそれぞれの正当な言い分があり、しかもそれらを息子が手際よく捌くことができず、世間によくある嫁と姑の確執が長引き、気の弱い息子夫婦が、奥越九頭龍川源流の工事現場へ住み込み賄い夫婦となって、里を離れて家を出て行ってしまった。千代乃の気分は一時的には晴れたが、年老いて喧嘩相手がいないもの足りなさをしみじみと感じ取っていた。

「弱虫めが……、逃げ出るくらいなら、わてにひと言謝れば万事納まるものを……」

村の知恵者、長老の源蔵に急場の救いを求め相談に出向いていた。これまでにはなかった千代乃の慌てようだった。しかし相談相手の源蔵自身、息子の源太から厄介者に扱われかけている。源蔵、源太らの北村一家はガソリンスタンドを始め、いくつかの会社を経営している。源蔵爺は、とにかく頂上の会長職に就いている。会長は時折、とんでもない決断や決済を下し、社長の源太がその後始末にかなりな時間と相当な金を費やしている、という噂がまことしやかに流布している。

「おチヨさん、わしゃ、悪いことは言わん。お前さんは、無事に一刻も早く百歳になりたいんだろう。だったら慎一郎君と久子さんの顔をたててやるこったなあ」

骨組みが鉄骨製の、古くなった社屋の玄関脇に六畳ほどの空間があり、そこを会長と社長室に当てている。部屋の中央に厚みのある大きな欅《けやき》の一枚板が置かれ、欅の丸太が四隅で机の脚として一枚板を支えている。新築時のガソリンスタンドの写真やイカや蟹漁《かにりょう》の大漁船などの写真が何枚も大きな額に納まっている。神棚には三国神社の御璽が祀られ、日本海の海風をうけた野生の榊の小枝が供えられていた。色褪せた時代ものの大漁旗が部屋の隅に飾られている。源蔵は会長の椅子に座り、千代乃に対面の社長の椅子に掛けるようにすすめ、「ここは一つよく思案した方がいい」と早口で言い足した。そこには老爺を忘れさせる源蔵の勇姿があった。

「わてを見捨てて、大野・勝山のさらに奥へ出て行ったもんなんか、頼んで帰って来て貰わんでもいい。子供でもあるまいし、大の大人が二人して……」

「慎一郎君に、戦争ん時の身の熟《こな》し方、教えてやらなかったんか。ほれ、わしが、いつか教えてやったろう、何回も。昔からこんなときは、先に出て行ったもんが負けや」

「わての旦那が、戦場で撃てと指揮されて、真っ先に飛び出し、敵さんの的にされ、蜂の巣にされて、命を落としたっていう話だろう。ずる賢い源蔵さんの作り話や。日本人はみんな、そんな不真面目な、腰抜けじゃない。みんな、真面目や、真剣やったわね」

千代乃は気持が昂ぶり、言いたいことを源蔵爺に伝えられず、苛立っている。

「いずれにしても、何にしてもや、慎一郎君ら若いもんが帰って来られるように、家を空けてやらにゃ。おチヨさんが頑張っていたら、帰りたくても家に入られんだろう」

「そんなに、わては強いか」

「強いも強い、このわしが、おチヨさんを落とせなかったんだから……」

「そんなアホな、わては純正品ならいつでも、誰でもお出でなさいや」

「あんたは、おチヨさんは言うことはまともやが、振る舞いが一寸妖しい。少し狂っていて、おかしいと言う方が正しいかな。今度、畑の中にできた真新しい老人ホームに入るこっちゃ。あそこは人気があってなかなか入れないいんだぞ」

「あんな死んだもんの病院みたいな所に、よう入らんわね」

千代乃は、源蔵が自分をその程度の人間に評価しているのだと思うと、怒りを越えて悲しくなっている。慎一郎や久子の方が源蔵より正しい判断をしてくれていると思った。老いた母親の千代乃を苦しめないよう、悲しませないように、と慎一郎たちは率先して家を空けたのかもと考え及んだ。

「結構、居心地がいいらしいよ。食べもんもよう吟味して衛生的だし、栄養面でも何も心配いらんらしい。病気になってもホーム内に医者も住んでいて、いつでも診て貰えるから、いざっていう時は安心や。子供らに余計な面倒を掛けるのは最低だからなあ」

「余計な心配は掛けたくないさ。でもあそこに入ったら、身も心も固まってしまう」

「今なら入所費用も安いし、よう考えたらどうや。今ならまだ、おチヨさん一人なら、わしが口を利いてやるよ。わしもこの年齢になり、子供の世話になるのが一寸、な」

千代乃は、これまでの源蔵爺とは違い、気の弱い一面を覗かせたので、何とか支えになってやれないものかと思案した。部屋の正面隅に置かれた越前孟宗と越前真竹で越前水仙を象《かたど》った大きな置物があり、花弁は埃を被って色褪せていた。千代乃は水仙の開花の時機が来たら、瑞々しい水仙の花束を持って来ようと思い、先程の苛ついた気分が霧消し、人生の先輩、源蔵爺の誘い話に一旦乗った振りをしようと咄嗟に思った。

「そうやね、一寸気張らしに船旅に出るつもりで……、何なら二人一緒に」

「あんたの話や。百歳目がけて、ずうっと働きずくめだったんだから、これからまだ何年もあるんだからなあ。おチヨさんも、この辺で一寸骨休めした方がいいよ。家を守り継ぐってのは、大変な大仕事だからな。慎一郎君の邪魔をしちゃいかん」

「わてが崖上の有料老人ホームに入ったら、慎一郎たちは松枝家に戻って来て、跡を継いでくれるやろうかね。あんな病弱な身体でしっかり継いでくれるなら、いっときそうしてもいい。何としてもあの子に、松枝家をしっかり……」

「きっと戻って来て、松枝家を立派に建て直してくれるさ。わしも、そうなるように、慎一郎君が安心して帰って来られるように、あれこれ画策してやるさ」

会長の声は小声で呟くような調子だったが、親切味が漲っていたので、千代乃は勇み足ふうに即座にホーム入りを決意した。

「ようし分かった。早速、あそこのお偉いさんに掛け合ってやる。おチヨさん、それには身体も一寸不自由しているし、頭も一寸不健康を装ってくれなきゃいかん。この辺じゃ、おチヨさんはどちらも元気で丈夫だと、素性は知れ渡っているからなあ」

「それでも今じゃ、勢いの衰えた哀れな女行商……、白髪の残留烏部隊の一員さ」

その後一年近くホームにいて身体を休めていた。何一つ仕事もせずにいるのは、女行商、朝市の女、野菜作りの女などとして働き続けてきた千代乃には、幾たびも心の中、時には大声で〈千代の松枝　分け出し、昔の光　今いずこ……〉を唄っても、ホームは安住の地とはならなかった。結局、慎一郎たちが松枝家を継いでくれるという自信には繋がらなかった。形を変えたいろいろな不安に襲われ、ホームを出てわが家に戻りたい衝動に駆られ、落ち着かない日々が増えていた。

かつて朝市に一緒に出ていた割合元気だった、しかも少しも耄碌していなかったはずの知人が、千代乃と同じ施設に入っていた。以前の面影がまったく見られない変わりように、千代乃は我がことのように身につまされ、ますます居心地が悪くなっていた。

かつて仕事仲間だったその女はにんじん、だいこん、はくさい、そらまめ、とまと、いんげんまめ、ごがついも（＝じゃがいも）、ねぶか（＝ねぎ）、ごま、かき、かんらんなどと平仮名で書かれた、十数種の短冊型の札を一枚一枚丁寧に声を出して読み上げ、捲《めく》り続けている。毎日毎日、来る日も来る日も、会うたび目にするたび、同じことを丁寧に生真面目に、表情一つ変えずにだいこん、はくさい……を繰り返している。札の縁がすり切れて読み辛くなると、ホームの職員が画用紙を用意して、新調しているらしい。

ホームの中でも暗黙でグループの纏め役を与えられている千代乃は、ある種職員格の立場にあり、千代乃自身も自分の性《しょう》に合っていると判じ、積極的な行動を取っている。疑問があれば辺り構わず何でも問いただすことにしていた。だれかれなくその場に居合わせた人に間の抜けた、とっけんはっけん（＝見当違い、方向はずれ）な質問を平気で訊ねていた。まともに応対して貰えることは三日に一度くらいあるかなしだった。それでも千代乃の立場は揺るぎないものとなっていた。入所員というより、気の利かない役立たずの職員の一員に近い存在だった。入所者の一人としても、ホームの介護者の一員としても、どちらにも似合わない立ち位置で、落ち着きなく過ごしていた。

「この人、昔、わてと一緒に朝市に出ていた、知り合いなんだけれど。この人、いつもかも何しているの、お札を捲って、ぶつぶつ野菜の名を称えて、この人……」

千代乃は、談話室のテーブルに掛けて札読みをしている女性のことを、通り掛けたホームの若い世話係の女性に訊ねた。

「松枝さんのお知り合いだったの？　それじゃ、この人と心が通じるかも、ね」

「そんな難しい人じゃなかったよ。もの言いのはっきりしたお人だったわな。いつからこんなになったんだか。辛いんだろうが、無表情だから想像がつかないよ」

「この人ね、ここにいらっしゃした時は、特に何でもなかったのよ。目立った症状は見当たらなかったの。はっきりした証拠があるわけではないけれど、何でも、連れだって幼稚園へ行く途中横断歩道で、目に入れても痛くないほど可愛がっていたお孫さんが、乱暴な運転をする青年の自動車に当てられたそうです」

「孫は、いくら大きくなって、大人になっても可愛いからな。わての孫は、もうずいぶん大きくなって、一人暮らしをしている。幼稚園に通っていた、この人の孫なら、かなり何年も以前の話だろうがね」

「ここにいらっしゃる何年も前の事故だと聞いています。その時この人も腰を痛めて入院なさり、お孫さんも同じ病院に運ばれたが、即死だったのを知り、それ以来半狂乱状態が続いたってわけ。効き目のいい、いろいろな薬を投与した結果、怖く嫌な記憶を消すことに成功したけれど、その際、そのほかの多くの記憶もすっかり薄れ、ほとんど消えてしまったらしいんです。薬は、もともと両刃の剣ですからね」

「薬に限らず、物事でも、人でも裏表、反面側面もあるからな。それがどうして」

「この人ね、半年ほど前まではトイレに連れて行って用足しをすませても、時をおかず、部屋に戻る途中でも〈オシッコしたい、オシッコ、オシッコ〉って騒ぎたてる。今、行って来て、今、してきたでしょうと諭しても、〈オシッコしたい、オシッコ、オシッコ〉と、大騒ぎが始まるんです」

世話をしている職員はもちろん、入所している仲間たちもうるさいのには我慢ができずに、あちこちの部屋でも訳の分からない大騒ぎが起こり、施設全体が沸き立ってしまう始末。大袈裟に言えば四六時中、〈オシッコしたい、オシッコ、オシッコ〉とトイレへ向かう。彼女に触発されてあちこちの部屋から、蟻さんのように老人、老婆が廊下に這い出て来て、トイレの方角をめざす。長い期間異様な状態に陥れられていたらしい。

「そりゃ、わてらの年になれば、誰かがトイレと言えば、みんな行きたくなるわね」

「相変わらず癖になって、反抗的に……。全職員みなが、彼女の所作に困り果てて」

「そうだったね。あの子は仕事熱心だった。頑固なくらいに、気に入った相手なら大損を覚悟で、野菜でも果物でも気前よく渡していたよ。仲間うちで鼻つまみ者にされても、平気で我意を押し通して、涼しい顔をしていたのを覚えている。ああ、イヤやイヤや」

千代乃は係の女性の話を長々と伺い、自分の感想を述べている時、一瞬、我がことに思え、背筋の冷える思いをしていた。

その後千代乃は、ホームの責任者に申し入れ、朝市でいっとき一緒だった知人の老婆と相部屋に入れて貰った。各自のベッドがずいぶん離れているとは言え、六人の大部屋での生活は息詰まる思いだった。話相手がいるでもなし、かと言って誰にも邪魔されずに独居を楽しむこともできない。何をするにも、ぼおっとしているにしても中途半端で、神経がいつも緊張状態だった。自由闊達な千代乃のよさが、すべて消されていると思い込んでいるふしがあった。あまりお喋りをせず、第一、千代乃を識別できているのかさえ曖昧な、朝市の女と相部屋におさまると、一週間も経たないうちに相部屋も大部屋も嫌気がさし、ホームを逃げ出たい衝動に駆られ始めていた。

「オシッコ、オシッコ」の老婆は「ダイコン」と呟き、手際よくカードを捲り一息入れ、「ニンジン」と今回はしっかり声を出して読み上げた。このカードを用意し持たせてからは、ほとんど余計な用足しを訴えなくなり、係の職員もそれで煩わされる頻度が激減したとのこと。職員は、うどん作りをしていた入所者がホームで暇さえあれば一日中、黙って新聞紙を細かく切り裂いている姿を見て、女性にカードを持たせるヒントを得たのだ。

個人は勿論、町や村の勢いなども同様で、何か一つでも集中するものや、誇れる史実があれば、雑事や流行に押し流されることはないと、見学者や入所予定者に職員は説明している。そうした個人の得意な技や特異な趣味などを深く聞き込むようにしているらしい。読書好きだった入所者は、一冊の週刊誌を独占し、いつまでも手元におき、マガジンラックに返していない。一冊の雑誌のお陰で職員やホーム全体が、その他の考えられ得る多くの迷惑や難儀が避けられているとのこと。

千代乃は同室の知人がカードに書かれた野菜の名前を一々声を出して読んでいる姿を眺め、朝市で競って野菜を売っていた彼女の客寄せの掛け声やその様子を思い出した。懐かしさとは異質のわびしさを覚え、涙ぐんでいる。それより何より慎一郎や孫たち、嫁にでさえ会えないのが、この所一つの悩みになってきているのではと気付いている。

「松枝さん、いい加減にここの生活に慣れていただかなきゃ。あんたの知人のこの方は、もうこうしてすっかり人に世話をかけず、一人でぽつぽつ……」

担当の女性が、千代乃自身は意識していないがかなりあれこれと手を焼かせ、面倒を掛けていると言わんばかりだった。

「わては、はよう百歳になりたいんだよ。もう一寸早ように生んでくれてれば、わては明治の女だったんや。もう一寸遅そうに生まれてりゃ、ほれ、甲寅《ごうのとら》だったんや」

「今どき、そんな……、誰もそんなもん、聞いたことありませんわね」

「わては、はよう百歳になりたいんだよ。そうして市長さんから金一封を貰うんだよ」

「金一封ですって、何ですかね、それ……」

職員の呆れ声が室内に響き、千代乃の同室者が野菜の名をお経のように呟いている。

「イヤやイヤや。もうイヤや。わては源蔵さんに頼んで、家に戻して貰う。今度こそ、慎一郎らと仲良く一緒に暮らすわね。わてさえその気ならうまくやって行けるんだ」

千代乃はホームに入って家を空けなくても、昔のように慎一郎たち孫たちとも一緒にうまく暮らして行ける、暮らして行こうと意を固め始めていた。

千代乃が想像していたほどの難しさもなく、有料ホームを出ることができた。入所の空き待ち者が多く、その日のうちに市会議員選に立候補したことのある七十歳代の男性が千代乃に代わって入って来た。物忘れがひどいので、彼の言うことを彼の言葉と思ってくれるな、というのが付き添って来た家族の言い分だった。言っている内容は吟味するだけの値打ちがあると思われるが、彼の責任にしないで欲しい。言ったことを即刻忘れ、次々と新しいことを口にする癖がある。ご迷惑をお掛けするが、本人は一向に迷惑など掛けたと思ってはいない。それどころか、みなさんのためにいいことをしているとの自負がある。

彼との約束事には私どもは一切責任をもたないと言い足して、帰って行った。

「わしが市の老人を代表して、皆様に、毎朝、三国沖の爽やかな潮風をお届けする」

頷いて新入所者の話を車椅子に乗って聴いていた老人が、「ここでは三日おきに、納豆が出るよ。わっしは小粒が好きだ」と笑顔で新顔を迎えた。

「東尋坊って名前の性悪な坊主を、困っている坊さんらがみんなして、あそこの断崖から突き落としたんだよ。それ以来、お寺さんに平和が訪れたんだ」

「崖上の松が枯れて、東尋坊の景色が変わったってな」

ホームの玄関ロビーがいつになく賑わっていた。

源蔵爺さんの死

源蔵爺さんが死んだ日の夕刻、松枝千代乃も慎一郎も山あいの寺へ落ち着かない気持で出掛けた。慎一郎の妻の久子も一緒だった。

寺は町へ通じる山峡にあった。岬の段丘の裏手になり、海の嵐からも避難できるような場所に建てられている。浜の仕事を第一とする漁師たちの家は、突き出た岬の裾《すそ》に海を睨みつける勢いで建ち並んでいる。海岸沿いよりやや入り込んだ場所に屋敷のある梅松枝《うめまつがえ》家の人たちは、いつも心の中に弱みを積み込んでいた。海の仕事に怯《ひる》んでいるような、消極的な姿勢が家の位置にも表われているように思えたからであろう。何か喧嘩でもあると、同級生の吉村源太などから、坊さん仲間と侮《あなど》られ、猛々しい漁場の男仕事は、なかなかさせて貰えなかった。母や妻、子供を家において、住み込みで工事現場に働きに出たこともある。娘の洋子が町に出て行き、家の中の雰囲気が急変したこともあった。

寺は一時の体休めの場所で、死者はすぐまた崖の上の、海を見下ろす地に葬られる。そこでも海に面した一等地は、国道沿いの金持ちたちの家々のものであった。何代か前から松枝家の墓は、海より一番遠い低地にあった。共同墓地に隣接した、誰も見向きもしない陰地が、松枝家の唯一の花畑であった。そこは千代乃が大事に守って来た水仙畑で、もとは荒地だった。それでもそこは少し回れば九頭龍川と日本海を見下ろすことが出来る。村の寺には御堂があるだけで、鐘楼などはない。右手の住職の出入口の脇に半鐘が吊されているだけである。その半鐘もいっときお国の命令で供出し、姿を消していた。戦後間もなく半鐘がなければ何かと不自由だと、住民たちの総意で小振りの鐘を新調した。境内は、子供たちが遊び回る十分な広さもなかった。子供たちは寺のある山の方へはめったに出掛けず、海の方へ岬の方へと出て遊んだものだ。

小石を積んだ寺の石垣の下道を、小川沿いに百メートルも奥まった所の三角地に、村の火葬場があった。火葬場へ通じる道は、行き止まりになっていて、普段は誰も通らない。子供の頃から、行儀が悪かったり、わけもなく泣いたりすると、直接火葬場へとは言わずに、火葬場へ行く道へ連れて行くぞと脅かされたものだ。

村人たちの家々から、寺は山陰になっていて見えないが、火葬場は辛うじて見える。雨よけの屋根があるだけの、何の変哲もないものだった。海の波や雲の色にはない独特の色の煙が、時折そこから流れ出た。夜などは目にしみる色の火がちろちろと燃えるのを見ることがあった。子供たちは火葬場へ通じる道の怖さは忘れ、煙や炎の特別な色に胸が締め付けられるのを覚えたものだった。慎一郎は小さい頃学校から見学に行った、焼き物をしている窯で見た火の色だと思っていた。煙の色もあの時のものだ。火葬場の煙や火の色が、どうして土を焼く時の煙や火の色に似ているのか不思議に思った。

慎一郎は千代乃の温かくなった手を取って、玄関の板戸を開けた。外は音もなく雪が降っていた。慎一郎は雪空を見上げながら、ちょっと積もるぞと口籠った。

「足駄、あしだを……」

千代乃は左手で、足元を探す素振りをしている。千代乃は龍谷寺《たつだんじ》へ出かけた折の出立《いでた》ちを思い出しているらしい。越前は浄土真宗王国、しかもこの地は蓮如上人に縁深い土地だが、北前船で財をなし豪商だった松枝本家、分家の東松枝、西松枝、それに梅松枝家などは、九頭龍川河口三国湊近くの名刹《めいさつ》龍谷寺に累代の墓地がある。六百数十年以前の創建で、真言の教えを広め続けている古刹でもある。千代乃も松枝家に嫁いで来て、夫を戦争でなくしたり、次女の早死《はやじに》などさまざまな苦悩に出合った折、舅や姑に相談もせず龍谷寺の山門を潜ったものだ。何を見、何を聞いたというのでもないが、いつも境内を出る時には心安らかに、足取りも軽くなっていた。

「母さん、足駄《あしだ》なんか穿かなくてもいいんだよ。昔と違うんだから……」

以前はどんなに雪が積っていても、こうした村人の葬式や寄合いの時には足駄掛けで出掛けたのを、慎一郎は思い出している。村のお寺で法会がある場合でも、昔は紋付袴に足駄がけで出掛けたものだ。時代が下って雪道には藁靴が安全だと、常時、外の便所の壁に懸けてある藁靴を履くようになった。

便所の脇で花籠に躓き、先刻、慌てて家に飛び込み藁靴を脱ぎ捨てていたのを思い出した。母のは少々湿っていて重かった。籠の中の水仙に雪がかなり降り積っていた。

「久子、この水仙の籠を持ってついて来い」と、千代乃に藁靴を穿かせながら、家の中へ向かって怒鳴った。「水仙……」と、千代乃と久子が殆んど同時に呟いた。明りを消して出て来た久子が、またですかと困ったものだという口調で言った。

「昼飯に帰って来たら、母さんが灰小屋にいないものだから……」

「行方不明になるのが一番怖いわ。体も至るところ不自由で、危いものね」

「やっぱり畑で水仙刈りをしていたんだよ。あんな時間じゃ、市場に持って行ってもらう路線バスもなくて、弱っていたんだ。明日、朝一番の便に出すには早過ぎるしな。近頃のおチヨさんは、後先きを考えないで動くから困ったもんだよ」

慎一郎はそう言いながら、母の手を取って歩き出した。表は寺へ行く通りだった。自動車の轍《わだち》が黒々と緩やかな坂道を登っている。水仙刈りを止めさせて、家の前に来た時、確かに異様な物音を聞いた。あの時源蔵爺さんが自動車に礫かれたのだと確信した。慎一郎はこのことは久子に話さないでおこうとふと思った。千代乃の予感めいた行動を話すと、久子はますます母を気味悪がって、老母の面倒を見るのを厭《いと》うに違いないと思ったからだ。年寄りの惚《ぼ》けか、気紛れにしておけば、久子は安心しているはずだった。慎一郎は永年連れ添った夫婦の仲でも、こうしたことは大切な心得だと思っている。

「どうしてお母さんは、水仙刈りに出掛けたのかしらね、そんな時間に……」

二人の後ろを歩きながら久子が言った。

「さあ、分からない。母さんにじかに聞けばいいだろう」

慎一郎は、女の勘のよさにぎくりとした。

「お母さん、どうして今日、お昼に水仙刈りに行ったの。何か感じたの」

久子は千代乃の耳元に口を近づけ、大声で尋ねた。

「水仙か、うん、雪に打たれた水仙は綺麗だし、持ちがいいよ」

「そうじゃなくて……、どうして真昼に水仙を刈ったかって聞いているのよ。お母さんが教えて下さったでしょう、花は早朝に切るものだってね」

久子は苛立ちながら、気短に言った。

「そうそう早いほどいい。野菜だってそうだ」

千代乃はそう言ってから、久子の負い籠に目をやっているようだった。久子は諦めて、二人の後ろに退いた。三人は雪道を静々と歩んでいる。

寺の近くの道路には葬儀用の花輪がいくつも並んでいた。花輪が小雪に濡れている。花輪がこんなに出るのも、この村の最近のはやりであった。以前はこんな贅沢な葬儀はしなかった。テレビに映る都会や、同じ県下でも中央部の町や幹線国道の通る地域の仕来りだった。今は何から何まで、喋り方まで都会風になっていると慎一郎は不愉快に思う。慎一郎が手伝っている石油会社の出した花輪が一等目立っていた。

海の音は聞えない。寺の外灯が、石垣の上から辺りを照らしていた。雪が黒い糸を引いているように、降り続けている。開け放された御堂の中で、人影が忙しく動いているのが見えた。千代乃が慎一郎の手を振り切って、堂の階段を上がろうとしている。膝に手をつき、藁靴を穿いたまま登って行く。広い板の階段を這うようにして登り、敷居のところで躓いた。ご内陣前に祭壇が設けられている。遺影が奥高い所に飾られ、両側に造花が置かれ、電灯がいくつもともっていた。源蔵爺さんが笑っている。かなり以前の、まだ浜で仕事の指図をしていた頃の写真のようであった。死んでしまったことを連想させる写真ではなかった。引き伸ばして、像がぼやけているのが救いであった。

「げ、源蔵さんは……」

千代乃が冷たい畳の上に座り込み、咳込みながら狼狽えている。

「源蔵爺さんに会わせてくれ、わしも会いたい」と、慎一郎が葬儀社の人に頼んだ。

「もうすぐ、吉村さんの家から来ますよ」

電気コードを肘に巻きながら、社員が事務的に答えた。県の中央部の大きな町からやって来た葬儀社の社員だった。三人は邪魔にならないように、入口の脇に座って繰り広げられる様子をぼんやり眺めている。自分たちが、源蔵爺さんの家へ先に行けばよかったのだと慎一郎は悔いた。畳の冷たさが次第に足に染みて来ていた。足元を注意し合う男たちの声がして、源蔵の棺が運ばれて来た。白木の長い箱だった。提灯が幾張りも動いている。村人たちがぞろぞろ連れだって歩いている。白木の棺が御堂に入ると堂内は急に騒々しくなり、村人たちで一杯になった。

慎一郎は、久子に促されて、白木の蓋を開け、源蔵爺さんの死体に両手を合わせた。

「源蔵さん、どうして死んだんだ。二つ三つ年上だけだというのに……。誰が待っているというのかい、向こうに行っても……。まだ百歳になっていないのになあ」

千代乃は棺の枠に手を付いて、はっきりと言った。顔が強ばり、緊張しているようだった。慎一郎は灰小屋の横板に肘をついて、空を眺めている母の姿を思い出していた。母を大事にしなければかわいそうだ。そう思い始めると今すぐにでも家に連れ帰り、温かい布団の中で、寝て貰いたい気持ちに駆り立てられた。

「松枝のお婆ちゃん、水仙をありがとう」

吉村源太はそう言って、式服のポケットから煙草を取り出し、口にくわえた。煙草の煙が広がった。慎一郎は煙草の匂いが嫌いだった。籠の中の水仙を取り出し、鼻に当ててから、太い竹筒に束にして生けた。一つ二つ蕾が開きかけているものがあった。冷たい空気が水仙の花びらを微かに揺すっていた。千代乃は、「源蔵さん……」と、今度は肩を落し静かに言った。母が何を言いたいのか、慎一郎には分かるような気がした。源蔵爺さんと呼び掛けるだけで、その先は言葉では表現出来ないように思えた。表面的には先輩ぶって意地悪そうだったが、根は村人を区別差別することなく、日々賑やかに騒ぎ立てて、村人を笑わせ、元気づけている男だと誰もが思っていたようだ。

村人たちは源蔵の遺体に掌を合わせ、拝み終ると順々に帰って行った。まだ死んで行くには早く、惜しい人を失ったと誰もが言う。自分の体の始末を出来る間に死ねたのは、本人にも幸せな時機だと言う者もいた。最後まで吉村家に尽した人だとも言っている。百歳になるのを楽しみにしている千代乃は、源蔵爺さんは真の幸せもんだと思っている。大方の村人が帰ってしまって、入口の大きな戸が閉められても、千代乃は腰を上げようとせず、数珠を持った手を時々合わせている。口の中で念仏を誦じているようであった。棺の前の台では蝋燭が燃えている。白い源蔵の頬に火影が映っていた。

「あっけないものだなあ。あんなに働いて、あんなにみんなの面倒を見て来たのに、死ねばこんなもんだ。こりゃ一体何だ」と、慎一郎が小言のように言った。

源太は頷いただけで何も言わない。湯飲みに冷酒を注いで、慎一郎に差し出した。慎一郎は頭をぺこんと下げて礼を言い、先ず千代乃に渡した。千代乃は湯飲みを高々と上げ、頭を垂れた。ごくりごくりと音をたてて飲んでから息子に返した。酒かさは半分程に減っていた。源太が、本当に死んでしまった、凍えるほど寂しくなったと呟いた。

次の日、吉村のガソリンスタンドは忌中の休業だった。慎一郎と千代乃は朝早く、水仙を刈り取って来た。寺に着いた時、二人は御堂に人影がないのに驚いた。燭台に蝋燭はなく、黒く焼け焦げた真鍮《しんちゅう》の芯が目立っていた。

「源太はどうした。源蔵さんが寂しいよ。まともに通夜もしよらんのか」

千代乃が洟《はな》を啜りながら言った。

「通夜になんねえじゃないか、これじゃ」

「あんな源蔵さんでも死んでしまえば、誰も用はないんだ。働いて働いてひと財産ふた財産、作った者でも、こんなにされるんだ。わしの連れ合いは財産も死骸も残さなかったが、箱ん中の小石を、しっかり通夜してやった。これじゃ源蔵さんがかわいそうだ」

千代乃は震える手で蝋燭に火を点けた。ぱちぱちと小さな火花が散って、芯に火がついた。慎一郎は線香に火を点け、沈香を摘まんだ。御堂の中に沈香の匂いが広がり、蝋燭の炎が揺れている。二人は時折互い違いに手を合わせ、同時に念仏を唱えた。

葬儀の時間が間もなくに近づいたとき、喪服に身を包んだ源太夫妻がやって来た。二人に軽く礼をしてから、住職のいる奥の方の部屋に姿を消した。村人たちも一人二人と集まって来たが、慎一郎や千代乃のようにゴム長や藁靴を穿いている者はいなかった。ほとんどが皮かゴムの短靴を穿いていた。御堂の中が急に賑やかになった。源蔵爺さんは幸せ者だと口々に語り合っている。

「源太さんがいい葬式を出してあげるから、爺さんも幸せ者だ」

「お墓も黒御影の立派なものを造ってあげるらしい。吉村家の功労者だからなあ」

ひそひそ話が慎一郎にも聞えてくる。

〈何がいい葬式なものか。緑な通夜もしてやらないで〉と、二人はひそかに憤っている。

「慎一郎さんが鋭い目付きで眺めているわ。源太さんを褒めると、慎一郎さんに障るんだよ。あれでも比べられるのが嫌なのかね」

慎一郎に聞えてもいいと言わんばかりの声だった。

「源太は親不孝だ。ゴミ捨てを言いつけ、源蔵爺さんを殺したも同然だ」

「この辺の若い者は狂っている。いい恰好ばかりしていてさ」

慎一郎の発言が終るか、終らないうちに千代乃が大声でわめいた。御堂の中のざわめきが中断し、村人は一斉に松枝母子の方を注目した。

「じろじろ見るな。源太はな、源蔵爺さんを一人ぼっちにしておいたんだ。まっとうな通夜もしないでだぞ。源太なんか、社長でも何でもない」

慎一郎は源蔵の遺影に目をやりながら、泣き声で叫んだ。

村人たちはあちこちで慎一郎の狂気が頭をもたげて来た、とほくそ笑んでいる。村人たちは三人、四人と輪を作って賑やかに話し合っている。

「源蔵爺さんは……」と、慎一郎は泣きじゃくり、むせて言葉が跡切れてしまった。蝋燭をおもむろに取り出して火を継いだ。炎が慎一郎の鼻息に煽られて揺れている。

「源蔵爺さんは、生命保険のために、自分から自動車に跳び込んだんだ。この岬の爺さん、婆さんはみんなそんな死に方をするんだ。若い者がそうさせているんだぞ。じっと見ておれないほど、この辺りの死んだ爺さん婆さんは傷ついているんだ。だからみんなこの頃、ここの火葬場を使わないんだ」と、慎一郎は気を取り直して叫んだ。徐に千代乃を抱き抱えた。慎一郎の肩が波打っている。

「おっ母ちゃん、源蔵みたいな死に方はするなよ。保険金なんかいらないから、長生きするんだぞ、いいな。ここの在所の火葬場で、なあ」

「そうだとも、その通りだ。何としても百歳まで生きて……」

千代乃は慎一郎の話に頭を縦に振って、息子の言い分を十分理解したような口調で小声で言った。遠く離れたところで村人たちは二人を眺めている。

「滅多なことは言わない方がいいぞ」

慎一郎のそばにいた肩幅の広い、精悍な顔つきの男が静かに言った。

「戸田の孝さんはまともだ。登代ちゃんも母さん思いだった。あんたらは、母さんにゴミ捨てをやらせたりはしなかったものなあ。それに……」

「そんなことじゃなくて……」

慎一郎の話を取り上げるかのように、戸田孝が発言した。「保険金がどうの、こうのという話は止した方がいい。嘘の作り話を広めて、保険に入らそうとしている悪徳会社があるって。そうでなくても嫌な噂が、近頃この村に広まっているんだから」

「噂なんか、少しも怖くないわい。自分に蔭のない者は何一つ怖いものはないわい」

「事実とまったく違う話題が一人歩きするから怖いんだ。噂や人気を気にしない奴は人間じゃない。断崖を風が吹くように、日本海の波頭が踊るように何事も自然に、周りの成り行くままに生きればいい。片意地を張らずにさ」

「力んでいるのはあんたがただ。無理をして派手な生活をし、そのために何もかも狂ってしまっている。昔のように質素に暮らしていれば、源蔵爺さんだってこんな死に方はしなくてすんだのに……。残されたもんが、後で気にならない死に方をして欲しい」

「爺さんらの話はよせ。源蔵爺さんは、あっぱれ、天寿を全うしたんだから。それこそ何もかもうまくいっているんだから」と言い、男は不機嫌だった。年寄りを抱えている青年たちは、このような時、老人の話をしたがらないようだった。

霊柩車の金色の柱や窓がひときわ雪に映えている。棺の蓋が取られた。村人たちは自分の家の周りから切り取ってきた水仙や白菊を棺の中に供えた。源蔵爺さんは花に埋まり、顔だけをあらわにしていた。村人たちが小声で話し続けている。読経の折も御堂の中はざわついていて、厳粛さに欠けていた。慎一郎と千代乃は、そうした人たちの群から離れて、呆然と佇んでいる。慎一郎と千代乃は、戸田孝に肩を叩かれて初めて、御堂に人影がなくなっているのを知った。村人たちは境内でも湿っぽい振舞いはしなかった。

「町の斎場へ行くマイクロバスが出るよ。慎一郎さん、あんたは吉村さんのスタンドの社員なんだから、お見送りには行くんだろうな」

慎一郎はようやく男の言っていることが解り、納得した。慎一郎が敷居を跨いだ時、村人はバスに乗り終え、多くの他の人たちは坂道を浜の方へ下りかけていた。寺内での読経供養はすでに終わっていた。

「母さんも行くかい。源蔵爺さんとはもう会えなくなるんだよ」

慎一郎が小声で諭して言った。千代乃はうな垂れたまま頷いた。老女は水仙を一輪、大事そうに持っている。花弁は足元の白い雪に吸い取られ、緑色の茎が震えていた。

車の中の通路へ足を投げ出して、前席の背に肘をかけて話し合っている者、山に懸っている低く垂れ込めた雪雲を眺めている者など、バスの中は雑然としていた。慎一郎がバスのステップから千代乃の手を取り、引き上げている。

「おチヨさんも行くんか。それは功徳になるわな。源蔵爺さんも喜ぶよ」

戸田登代子が男っぽい声で言い、明るい顔でにこっと笑った。

「すまねえな、源蔵爺さんだけは、送ってやりたいって言うもんだから」

「何も遠慮はいらねえ。十人乗るのも二十人乗るのも同じことだで」

肘を付き、通路に足を投げ出していた男が、仰々しく足を引きながら言った。

マイクロバスが疲れたエンジンの音を響かせて、山道を登って行く。時折、雪の上でスリップをしたが、乗客のほとんどは慣れたものだった。そのたびごとに顔を顰めるのは、千代乃と慎一郎ぐらいであった。

「谷底に落ちたらどうするだね」

千代乃がしっかり棒にしがみつきながら言った。慎一郎の肩に体重を預けてきた。生暖かい千代乃の手が慎一郎にしっかり握られている。女行商人として〈烏〉をやっていたので、マイクロバスに乗っていても、一瞬年齢と老いを感じさせない身の熟《こな》し方を披露している。〈千代の松枝　分け出し、昔の　今いずこ〉を、歌っている口の動きだった。

自動車の通りが激しい国道に入った時、慎一郎もほっとした。平坦な道路には積雪もなかった。十分も進むと左手奥の丘陵脇に公営の斎場があった。霊柩車に索引されているかのように、マイクロバスも植栽の整った敷地に入って行った。最近増えている町が誘致した工場と見違えるほど、明るく綺麗な建物が並んでいた。

源蔵爺さんの棺に群がるような形で、縁者や村人が斎場内を黒々と続く。おぼろげな記憶さえないが、父を亡くした時の悲しみを、吉村源太は味わわされているのだろうと、慎一郎は考えてみた。自分にできることなら、何でもしてやりたい気持ちになっている。慎一郎は、千代乃の手を振り切って源蔵爺さんの棺のそばへ、村人を分けて入った。縁籍の者が慎一郎の顔をじっと覗き込んだ。

「この人かい、ガソリンスタンドで働いている松枝とかいう男は……」

吐き出すような声だった。周囲の人たちも一斉に慎一郎を見た。

「慎一郎です。千代乃松枝はこちらです」と言って、母親の肩に手をやった。「もう何年もお世話になっております」と口早に付け足した。

「そんなこと聞いていないよ。足りない店員がこんな中に割り込んで来て、他人の足を踏むなってことだよ」

「そうです。冬場はいいが、夏場は特に店員が足りないんです。社長もそのことはよく合点なさっていますよ。目も弱いし、実入りが足りないから給料も削られています」

「噂通り、やはり少し足りないんだな」

男たちも女たちもそれを聞いてくすくすお付き合いに笑った。

慎一郎は得意になり、両手を棺に当てた。下向き加減に笑っている親戚の者たち一人一人に目をやった。しばらくするとそんな人たちに囲まれている源蔵爺さんが、気の毒に思えてきた。棺が台車の上に安置され、飾りの布が取り除かれた時、慎一郎はそんなみんなを許してやれる気がした。上部に開けられた小窓のビニールが湿って緩んでいた。水滴が付き曇っていた。爺さんも喜んで笑っている。悲しんではいけないんだと慎一郎は自分に言い聞かせた。強張った顔を思い切り歪めて笑ってみせた。

台車が炉の近くに押し進められ、見送りの人もそれに従った。千代乃と慎一郎が、また取り残されていた。警察官のような厳しい帽子を被り、金の釦のついた服を着た公務員が、「最後のお別れをどうぞ」と、事務的に言った。お坊さんが竈口《かまどぐち》で待っていて、丁寧な礼を繰り返していた。みんなも両手を合わせて、お別れの念仏を唱えている。慎一郎と千代乃が近づいた時には、蓋は取られていた。源蔵爺さんは水仙に埋まっていた。泣きじゃくる者もいた。源太の目は赤かった。炉の蓋が開けられ、棺は押され、滑らかに炉の中へ流れ込んで行った時、役人が炉の取手を捻ると、炎がどっと源蔵爺さんの下で広がった。青い炎が源蔵爺さんの体を取り巻いたなと思った瞬間、役人がぱたりと炉口を閉じた。固い金属音が天井の高い部屋に響いた。役人が両手を合わせると、見送りの人たちもてんでに手を合わせた。

どっと上がったあの火の手は重油が使われているな、と慎一郎は気になった。

「村の火葬場で焼かれた舅殿の、あの火は美しかったがの」

千代乃のかすかな声がかろうじて慎一郎に伝わった。「それに比べ、この源蔵の火の色は何じゃ。嫌な炎だ」とはっきり聞えてきた。山あいの火葬場で見たあの炭火、薪の火を回顧している。薪の火には温かさがあった。あの火は梅松の舅の肉体は燃やしたが、敏夫の父親の思い出や悲しみ、苦しみなどはちゃんと残しておいてくれた。温かい涙がつるつるっと千代乃の頬を流れた。悲しい快感を鮮やかに思い出しているようだった。

重油で焼かれる源蔵爺さんは、肉体だけでなく、悲しい献身や長い労苦、勇ましい出漁など、何もかも一切を焼き尽してしまう。そんな時の村人には、役者が流すような涙しか見られない。スタンドの事務所で和代が目の色を変えて見ているテレビ画面の人物の涙だ、と慎一郎は思った。あの大きな冷たい涙を思い出していた。

待っている時間は長かった。冷酒をくみ交わし、お茶を飲み、源蔵爺さんの手柄話や、失敗談が誰からともなく語られていた。二十分も過ぎると湿っぽい雰囲気はすっかりなくなり、所々で爆笑さえ起こった。やがて二時間になろうとする頃、骨拾いの案内が来た。煮えくり返っているそば茄での鍋の中に、冷水を差したように、明るかった場が一瞬に静まりかえった。誰も彼も神妙な顔つきに戻る。こんな時になって慎一郎と千代乃は、周囲の人々と同じ仲間になれるのだった。

小学校の頃もそうだった。他の家の柿の実を四、五人で取りに行ったことがある。気のきいた源太がぼんやり立っている慎一郎に、柿を一個くれた。慎一郎は嬉しくなって、美しい柿の実をいつまでも眺めている。背戸の騒ぎを聞きつけた家主の老人が、重い板戸を開けて出て来る頃には、他の子供たちは別の家の庭に入って、次の悪戯を働いている。

「何をしているのか、早く来ぬか」と、叱られるのはいつも慎一郎一人だった。ひと仕切り説教が終った頃に、源太たちが戻って来る。辺りはもとのままだった。

「何をしているのか、早く来ぬか」と、冷酒の入ったガラスコップを手にして、ぼんやりしている慎一郎に声がかかった。男はそう言って、足早に部屋を出て、廊下を曲がった。慎一郎はいつも一足遅れて出掛け、みんなが仕事についた頃、会場に着く。

台車が明るい光の射し込む高窓の下に寄せられていた。鉄製の枠がまだ熱く感じられ、白い艶のない骨の周りの燃え殻にはまだ残り火が赤く光っていた。親族の人たちが両側に別れ順次、骨拾いを始めた。

「おチヨさんも、慎一郎君もどうぞ」と、ぼんやり立っている慎一郎に、源太の優しい声がかけられた。老婆は握らされた箸をだらしなく持って佇んでいた。慎一郎は意を決した形相で母親を誘い、鉄枠の方へ向かった。

越前水仙

「源蔵爺さんみたいな葬儀は嫌なんだ。ここ越前に相応しい、おチヨさん向きの葬送をしてやりたいんだ。恩に着るから是非頼むよ。やってくれないなら俺にも覚悟があるよ」

松枝慎一郎は灰小屋の中の千代乃の亡骸を思い出して言った。取り乱した心を鎮めることができず、あれこれこれまでの出来事をあちこち繋がり薄く思い出している。

母親千代乃はもともと年齢《とし》が年齢だから、いつかは枯木が倒れるように突然この世を去るだろうと覚悟を決めていた。こんなふうに突然に逝くとは考えてもいなかった。慎一郎は会社を休んで付きっ切りで母親の容態を看守っていた。慎一郎は安全のために入れていた灰小屋の中で、おチヨさんを死なせてしまったことを際限なく後悔している。

「まるで強迫だ！」と、村人は青ざめた顔で叫んだ。慎一郎の覚悟がどんなものか見当もつかず、無気味に思えたに違いない。

「世の中が急にこんなに変わらず、何もかも昔のままだったなら、家柄から言っても、お前さんが全部取り仕切ってくれるはずだったんだ」

慎一郎は御坊《おんぼ》役を依頼した村人のことを思い出している。

日本海にせり出た岬にはすすけた色の灯台がある。段丘の痩せた土地に冬場になると水仙が群生する。うっすらと降り積った雪の中で、灯台を背景に海風に震えながら白く咲き乱れる水仙の姿はみごとなものだ。この土地の、昔の人たちの辛抱強い生き方を見る思いがする。慎一郎は白い雪の中に咲く水仙の緑濃い葉に、白い花黄色い芯など、心休めるこれらの調和が今なお好きだ。それに負けず劣らず水仙の香りが好きだった。それに引き換え雪のない荒地に、雑草と共に生えている時の水仙はあまり気にいらない。土や他の草の匂いが混ざり、本来の水仙の香りが損なわれているように思う。村の人たちも一人でいる時が、本当の姿に写り、気に入っている。雪の中に咲く梅の花も好きだった。

慎一郎はゴム長を穿き、岬の方へ段丘を登って行く。都会より届くいろいろな流行は、松江《まつがえ》の里に比較的円滑に流布するが、梅松枝家にはなかなか取り入れられない。はやりを親の敵くらいに捉える、頑なさがみられる。慎一郎の冬穿く長靴には、荒縄が二重に巻かれ、滑り止めの役をしている。村人たちは、そんな昔風な慎一郎を笑いものにしている。いっ時の日差しが、雪を照らして眩しいばかりであった。野生の小梅の花に鼻を当て匂いを嗅ぐ。慎一郎は、黄色い花粉が清らかな匂いとなって、鼻の奥まで入り込んで来るように思った。細い枝の上にも雪が積っている。小枝に小指が触れると、棒状の雪が足元の雪の上にぽとりと落ちる。花の白い色が雪に一段と冴えるように思う。

日本海の荒波を見下ろす崖の上に、村の共同墓地がある。御影石の黒い墓石が柱状に林立している。千代乃の梅松枝家の墓は粗末なものだが、地元福井では貴重で名石の笏谷石《しゃくだにいし》で造られている。笏谷石は水を受けると濃い緑色が広がり、石を超越した品格を感じる。一乗谷の石仏、城址の石垣、石段の敷石にも使われている。大理石のように固くはないので、特に縁が欠けやすい。風雪に晒された松枝家の墓石は、文字が刻まれた辺りは脆く欠けていて、橙色の黴が生え、年号年代が読み取れなくなっている。しかも多少傾き、崩れかけている。下の海辺の暮らしが、ここにも反映していると思うと、慎一郎はやるせない思いに迫られる。ほかの家の墓は近年次々に新調され、見るからに家系の勢いを感じる。慎一郎はここでも、先祖に申し訳が立たない気がする。墓地の脇に松枝家の細長い花畑があり、そこには越前水仙が生えている。慎一郎は松枝家の笏谷石の墓とその孤高な雰囲気が気に入り、誇りに思っている。母親、おチヨさんも周囲の人たちと調和は出来ない頑固さがあり、どんなに陽気を振りまいていても心の底には侘しさをたたえていた。生まれ育ちの品と清々しさがすべてに打ち勝っていたように思っている。その辺りの霊気清楚さが、越前水仙にも乗り移っていると信じている。

千代乃の姿が見えた。町に売り出す水仙を刈るのが、近頃の千代乃の楽しみな仕事の一つになっている。女行商人、朝市に立つ女、米や野菜作りに励む女など、あれこれの仕事に携わってきたが、身体の自由を損ねもの忘れが増えてきた千代乃は、崖上の墓地で水仙を切り取る瞬時が、かつてのおチヨさんに身も心も蘇る天地となっている。

千代乃が水仙を刈っている。蕾が固く、薄皮の下にようやく青みが滲んでいる。ざくっざくっ！ と水仙を刈る鎌の音がする。そのたびに雪が払われ、茎の水が飛び散っているように慎一郎は思った。雪の上に置かれた水仙の葉の緑色が目にしみた。

「母さん、下の海が荒れて吹雪になるから、水仙刈りはもう止めなよ」

慎一郎が大声で怒鳴った。千代乃は蓑状《みのじょう》の縦ゴザではなく、藺草《いぐさ》を横織りにした横ゴザを身に付けている。ゴザの下から、左手で腰を軽く叩いている。刀鍛冶《かたなかじ》に端を発した鎌や包丁などの越前打ち刃物は全国的に有名で越前府中、武生の名産品である。武生の鋸鎌《のこぎりがま》はほぼ稲刈り専用の鎌で、草刈り鎌同様に広く全国に普及していた。草刈り鎌を握った右手を、曲げた膝の上に置き、曲がった腰を静かに伸ばしている。思い出したように左手で腰を叩いている。雪舟の墨絵の世界を想わせる凛とした静寂が広がっている。

「雪に打たれた水仙は持ちがいい。急に水仙が必要になっても、持って行けないじゃ、情けないからなあ。荒れる前にたんと刈っておかなきゃ」

千代乃の言葉は、老いた男の言葉と変わらずにぞんざいだった。時々今日のように、何かに憑かれたように、水仙刈りに来ることがある。そんな日は決まって近隣で何か不吉なことや思いがけない慶事が起こったりする。観光客がどっと繰り込み、土産の水仙が必要になる。新春には、と間に合わせた新築祝いに、気紛れな施主が参列者に水仙を持ち帰らせたいと言う。一体今日は何があるのだろうと慎一郎は思った。

慎一郎は老人と言われる年頃になり、千代乃は長老者と呼ばれる域に達している。千代乃は近頃ますます水仙に愛着を感じている。今は水仙のことになると目の色が変わるように思う。夫がまだ元気で戦争に行かず、ほんのわずかな日々だったが漁に出ていた頃は、千代乃も浜に出て網を繕ったり、小魚の腹を裂いたりして網元に雇われていた。そんな時でも羽振りのよいのは網元だけで、村はいつも全体に活気がなかった。それでも村は落ち着いていて、穏やかだった。慎一郎と千代乃は、その頃の風物人付き合いなどを懐かしく思い出している。村人、町人、生徒らの明るい表情や賑やかな騒ぎ声が漂っている。

太平洋戦争に敗れ国土はいずこも荒廃を極め、特に日本海側の漁業は政治的にも不安定状態に陥った。九頭龍川水系の源流からの繁栄が岬の村にも押し寄せ、海に突き出た東尋坊辺りから越前海岸沿いに国道が通り抜けて行き、行き止まりになっていた砂利道が巾を広げ舗装され、トンネルをくり貫き、海岸線を自動車が走り抜けるようになった。交通の利便が急速に進んだ。古来、この岬に生まれた者は、山あいの狭い平地に造られた学校に通い、そこで義務教育を終えると、浜か山あいの狭い畑で真面目に辛抱強く仕事に励み、生きて行く。贅沢を求めず、怠けることを覚えずに死を迎え、静かに丘の上の墓地へと帰って逝く。見慣れた悠久の景色が広がっている。冬でも晴れた日には右手奥には東尋坊の断崖が望め、左手には九頭龍の河口が鉛の板状に鈍く光って見える。

刈り取った水仙を雪の上から集めて、負い籠に入れる。慎一郎は束ごとに鼻を当て、香りを楽しむ。千代乃の鎌を強引に取り上げて、籠の中に仕舞った。坂道を下る時、転んで怪我をした千代乃を知っているからだった。老いた体は回復が遅く、寝込まれると家の中がいっぺんに暗くなるのが不都合だった。千代乃は鎌を取り上げられて、ぶつぶつ独り言を言っている。

慎一郎は母が最近、特に冬になると体の動きが悪くなるのに気付いている。思い込むとどんなに話をして訳を聞かせても、納得せずに自分の思うがままに振る舞う。水仙刈りも、慎一郎か妻の久子が止めに入らないと、いつまでも刈り続ける。必要なだけ刈り取る節度が少しもないように思われる。水仙刈りにも軽い惚けが入ったのかも知れないと慎一郎たちは心配し始めている。花は早朝切るものだと教えてくれた母が、たとえ寒くて暗い冬であっても、真昼時に刈るなんてどうかしている。

慎一郎は籠を背負って、どんどん坂を下って行った。待っていると千代乃はいつまでも水仙畑を離れようとせず、墓前で何ごとかぶつぶつ言い続けていたりする。早く家に戻って体を温めてやらなければと思った。千代乃は最近、冷たさや熱さにまったく鈍感になってしまっていて、自分の体の本当の状態を知らない。老女には気を配ってやらなければ、大変なことになると慎一郎は思う。

慎一郎は悲惨で哀れな登代子の母親の最期を連想した。

民宿をやっている戸田登代子は、慎一郎と同級生だった。登代子は母思いで、慎一郎のように母を灰小屋に入れたりはしない。吉村源太のようにゴミ捨てにやったりもしない。登代子は寒がる母をたどんで温めた炬燵《こたつ》に入れて、布団を幾重にも掛けてやった。風邪には大根おろしがきくというので、青首の大根おろしを丼に一杯作り、小魚を混ぜて飲ませた。体中が熱くなった登代子の母は、炬燵を蹴飛ばし布団から出ようとした。知らぬ間に着物の裾に火がつき、足首まで真黒に焼け焦げてしまった。腰の立たない登代子の母は哀れだった。どんな思いだったろうと慎一郎は折にふれて想像たくましく思いやる。燻《くす》ぶっていた綿の中の火がいっきに火柱になった時、登代子と婿養子の孝が什器《じゅうき》を運んで、たま たま母のいる部屋の廊下を通りかかった。

登代子の母の苦しみもがく姿を思い描き、慎一郎は親不孝と言われても、千代乃には暖を与えたくないと考えた。久子は村人に、少々おとなしい夫の言うがままの妻だと笑われるのが苦しいと夫に訴えた。実の息子のやることは、結局親子だからと村人は大目に見るが、嫁には容赦しない。村人の目に映りよくして欲しいと慎一郎に幾度も頼んだ。

「戸田の婆さんの時だって、養子の孝君は笑われなかっただろう」

「だって孝さんは、男の人だもの」

慎一郎は久子の声を聞いたように思った。ガソリンスタンドへ早く戻らなければと焦り出す。石油は外貨と円の関係だから、こせこせこつこつしたって仕方がないと言いながら、経営者の吉村源太は、十分も遅れると一時間分の給料を差引く。事務員の和代が細かく勤務時間の記録を取っている。社長の信号を受けると、社長がいなくても和代は無線装置のように働く。慎一郎はそんな和代を可愛く思わなくなっている。娘の洋子は、和代のような厭らしい仕事はしていないだろうな、とふと心配になる。

石油は、これまで昔から勤勉実直だった、こんな岬の村人でさえ怠け者にし、派手な生活に追いやっていると慎一郎は不満に思う。熱心に働かなくても、円が高くなれば石油業者や多くの関連業者が儲かる仕組みになっているらしい。国中が石油の恩恵や被害をじかに受けている。その二つの波間で、世の中の人間がみな賭博をしているようなものだとも思った。相場や利ざやで飯を食っている者も意外に多いらしい。日本は石油で生き、石油でおかしくなっているとも思う。国中が華やかに賑わっている反面、海の向こうではその分必ず損を食い、一心に働いても儲けが少なく、苦しみが少しも解消しない人々がいるような気がしてならない。慎一郎は心の中で、そのことを繰り返し考えている。いつも最後には自分も加害者の一人に違いないとしんみりする。

待ち切れなくなって、慎一郎は坂を見上げた。千代乃が膝に手を当て、よっちよっちと下りて来ていた。横ゴザがゆさゆさと上下左右に揺れている。坂上の墓地の上には黒い雪雲が逆巻いていて、千代乃を引き留めているようだった。坂道を下って、千代乃と小道を横切って灰小屋の前に戻った時、国道の方角でどすんと鈍い音がした。聞いたことのあるような、親しみのある音だった。

「水仙、水仙、早く水仙を……」と、千代乃が駄々っ子のように叫んだ。

「母さん、心配するなよ、売れたお金はちゃんと母さんに渡すからさ。びた一文、ねこばばしやしないから……。これまでだって、そんなことといっぺんもなかっただろう」

慎一郎は千代乃の藁靴を脱がせ、背負って家の中に入れた。足も手も冷え切ってがたがた震えているのを背に感じた。古毛布で作った敷物の上に降ろすと、千代乃は硬直したように横になって転がった。

「母さん、一人ではもう水仙刈りに出ないでくれよ。坂道も危いし、墓地の崖から足を滑らせても困るしな。水仙を売ったお金以上に、スタンドで働いてやるからさ。俺もあそこじゃ、社長に信用があるんだ」

石油ストーブに火を点けた。囲炉裏《いろり》で杉の小技や柴を思い切り燃やして、暖を取りたく思った。いつまで待っても千代乃の体は温まりそうになかった。体を動かし始めた時、慎一郎はすまないと思いながら千代乃を背負った。ずり落ちそうな千代乃を、負い直し負い直して、寒い外の灰小屋に向かった。最後まで手を取って案内してやる暇はなかった。

「久子もやがて帰って来るから、外に出ないんだよ」

含めるような言い方だった。幼い頃、母からよく言われた口の調子だと思う。

千代乃は少し血走った目を、恨めしそうに暗い空に向けていた。毛布などに包まった千代乃の姿は、赤子を入れておく藁製のいづめの中の赤児のようであった。横板に両手を掛け、顎をそこにそっとのせている。慎一郎は母に見守られているような、窮屈な気持ちで村下のガソリンスタンドへ下って行った。

スタンド前の国道に出た時、慎一郎は体が凍りつくように思い、足がすくんだ。ペンキ塗りの白い塀の脇に救急車が止まっていた。村の消防団員が車庫から運転して来ていた。救助隊員は他に誰もいない。和代が老団員に手を貸している。汚れた雪の上に多量の血が噴き出ていた。老人が頭を割られて倒れている。茶がらや里芋の黒い皮が辺りに散っていた。近くの家々から身体の不自由な老人が集まり始めていた。

「源蔵爺さんじゃないか」と呟き、慎一郎は綿の入った袢纏《はんてん》の衿を起こして呆然と見下ろしている。源蔵爺さんは目をむいたまま動かなかった。

「大丈夫でしょうか」

隣県のナンバーを付けた自動車の側に立っている青年がか細い声で言った。

「見ての通りだ。頭を割ってしまっているな。何て乱暴な運転をしたんだ」

団員が担架を雪の上へ広げながら大声で怒鳴った。

「飛び出して来たんですよ。突然、突然なんです。ブレーキの掛けようもなかった。止まって待っていてくれた人影が、急に……」

青年の泣き声は震えていたが、言い分はよく聞きとれた。


手が付かず、ぼんやりした時間の流れの中で、その日のガソリンスタンドでの仕事を終えた。六時になっていた。高い庇《ひさし》に取り付けられた水銀灯が、辺りを煌々と照らし出している。従業員は慎一郎だけだった。事務員の和代が母屋とスタンドを何回も往き来して働いていた。和代が慎一郎に、今日は帰ってもよいと許可を出した。

「源蔵爺さんが死んで忙しいんだろう。都合をつけて、もっと立っていてもいいよ」

慎一郎は、小用に立つのを我慢している時のような気持ちで言った。

「こんな雪の日は、あまり金にならないからいいんですって。それよりおチヨさんに、生命保険でも掛けておいた方がいいわ」

和代は、そう言ってスイッチを切った。電灯の明りに照らされていた降雪が、急に止んだように見えた。国道の向こうの積雪が闇にぼんやり沈み、帯状に広がって見えた。

「保険会社の人も時々来るけれどね、俺は婆さんの命をお金で計りたくはないんだ。それに保険会社だって、もうあの齢じゃ入れてくれないだろうよ、担保に入れる物がないもんな。すべてが手遅れさ。俺は評判の松枝慎一郎だもの」

「松枝さんは考えが古いよ。生命保険の仕組みは互助精神、つまり世の中の会社員全員、お互いの助け合いなのよ。一人で苦しむことはないのよ。何もかも分かち合うのよ」

「何が、助け合いなものかね。自分のことしか可愛がっていないのに」

慎一郎は急に悲しくなり、年老いた母のもとに跳んで帰りたかった。源蔵爺さんは老いの顔付きだったが、日焼けした働き盛りの精悍な顔と国道脇の灰小屋前の路上で血を流して倒れている姿とが幾重にも重なっては消えた。

〈源蔵爺さんは……〉と心の中で叫びながら、国道を横切った。慎一郎は職場と事件現場から逃げるようにして家に帰って来た。和代が背後で、まだ何か叫んでいたが、慎一郎の耳には入らなかった。下の日本海の荒れ狂った波が、和代の声を溶かして吸収してしまっていた。弱い降雪ながら、慎一郎は幾度も目頭を拭っていた。

〈源蔵爺さんが死んでしまった!〉

慎一郎は何回も呟いた。顔に降りかかる小雪を時々気にしながら、手で払い、目を擦っていた。千代乃に一刻も早く源蔵の死を伝えたかった。暗い灰小屋の中で毛布に包まって、何も知らずに時を過ごしているに違いない。

「母さん、戻ったぞ。源蔵爺さんがな……」

慎一郎の声は震えて、掠れていた。灰小屋の横板を外し、頭を中へ突込み、暗い中で両手を触手のように動かした。毛布が引っ掛かった。手前に引き寄せて丸めた。毛布に千代乃の温かさを感じ取り、慎一郎は安堵に胸を撫で下ろした。横板をさらに一枚外して中に入った。敷き藁ががさがさ布団の下で音をたてた。板の間や畳の座敷より、親しみを感じる。まだ父親がいた頃、板の間に藁を敷き詰め、その上にむしろを広げて寝床を作ったことなど、母は幾度も慎一郎に話した。物事を聞き分けられる頃に耳にしたことばかりだった。あの頃は苦しくても生活そのものが、遊びのように楽しかったと言う。心温まる話を幾つも幾つも聞いて育った。母千代乃とのことが深まるだけで、父のいない寂しさ虚しさも募るばかりだったが、慎一郎はそんな時笑って聞いていられる大人に成長していた。

「源蔵爺さんがな……」再び跡切れてしまった。慎一郎は毛布を蹴上げて、足で広げた。千代乃は軽い寝息をたてている。自分をまともに一人前に育ててくれた、老いた母を大事にしなくてはと慎一郎は思う。仕事などにおちおち行っていられないような気がした。母が死ぬまでの時間を大切に過ごさねばとも思い始めた。友人の源太は父親の源蔵を亡くし、どんな思いをしているだろう。源太を勇気づけてやらなくては……、と感じ始めると、千代乃の脇に寝ている気分ではなくなった。

「母さん、母家に戻るよ」と声高に言い、千代乃をゆすって起こし、手を取って灰小屋を出た。仄暗くて狭い隙間を出る時、千代乃は横枠に額を打ちつけた。

「おお、痛あ……」と、千代乃の目覚めた声が響いた。

「ごめんよ、大丈夫かい」

慎一郎は、そう言ってもう一方の手を取った。齢を取ると反応も感覚も鈍って来るのだと思う。あんなに大きな音をたてたのに、母はのんびりと「痛あ……」と言っただけだ。慎一郎は自分もやがてこんなになるのだろうかと、母を見下ろしながら思った。登代子の母の不幸を思い出す。その場になると、思っているほど痛くもなく、熱くないのかも知れない。源蔵爺さんは、ずどんという音と同時に、〈ぎゃっ！〉と叫んだそうだ。和代は源蔵さんの声が一瞬先だったような気がする、と言っていたのを思い出した。

玄関の板戸の隙間から内側の明りが洩れ出ている。久子が帰っていた。慎一郎は千代乃の手を離して戸を開けた。眩しいほどの明りがいっきに飛び出て来る。

「久子、源蔵爺さんがな、……」また胸が高鳴り、声が跡切れてしまった。右手の台所で鍋の中を掻き回していた久子が、二人の方に目をやり頭を下げた。

「……らしいわね。死因は出血多量だってね。帰りのマイクロバスの中は大騒ぎだったもの。あんなに元気だった源蔵爺さんが、って」

「お前は知っていたのか。母さん、源蔵爺さんが死んだんだ！」

靴脱ぎの所でぼんやり立っている母親に、源蔵の死をようやく伝えることができた。

「げ、げ、源蔵がな、……」と、唸った千代乃の顔が歪んで、引き攣っている。

板の間の卓袱台《ちゃぶだい》を囲んで、静かな夕飯が始まっていた。

「家に戻ったとき、すぐに母さんを呼んであげなかったのかい」

慎一郎は久子を覗き上げるようにして、責めるような口調で尋ねた。

「最近は、母さんがいらっしゃると仕事が順調に進まないのよ。すっかり夕飯の仕度を終えてから、お呼びする方がいいのよ」と、大声でなければ、耳の遠い千代乃には聞えないと信じている久子が、気にも止めずに普通に話している。

「それもそうか、母さんは寝ていたしな」

慎一郎は、久子に言われてみると、成る程それもそうだといつも思い直す。

「源蔵爺さんは、昼食後、道路向こうの灰小屋へ、台所から出た芋の皮や大根の葉を捨てに出たんですってね。最近、国道沿いのあの辺じゃ、年寄りの仕事になっているんですってよ。結構、ゴミってあれこれ、毎日出るもんよ」

「わざわざ国道の向こうの灰小屋をゴミ捨て場にして、利用しているんだ。昔は母屋への延焼を避けるために、灰小屋をわざわざ国道の向こう側に建てたんだが、プロパンガスを使うようになって、灰小屋はいらなくなったんだ」

慎一郎はちらっと千代乃を眺めた。千代乃は柔かい飯を無心に食べている。

「相当な生命保険金が入るらしいわ。体の衰えを知っていた源蔵爺さんは、前々から最後の奉公をしたいって、しょっちゅう言ってたらしいわね。それがこの始末だったのよ」

「ばかばかしい。何というこった。何を考えているんだ」

「そんなこと吉村さんのところだけじゃないわ。国道筋の家はみな、軒並そうらしいのよ。噓みたいな話だけれど、尾鰭《おひれ》がついて大騒ぎよ」

「もともと、それがおかしいって言うんだ」と、慎一郎はかなり興奮している。

「死にかけている爺ちゃん、婆ちゃんにゴミ捨てを言いつけるのよ。せめてそれくらいは役立たねばと、重い体を表通りに引き出すってわけ。目が近く、耳は遠く、体は思うようには動かないでしょう。気持ちばかり焦って、どたどたと猪突猛進して……」

「源蔵爺さんがかわいそうだよ」と言う慎一郎の声は、一段と滅入っていた。

「この近くに住んでいる運転手は、毎度毎度のことで、そんなことよく知っているんですってよ。嫌だわね、そんな噂が広まっているなんて……」「何のことをさ」

「あんたの勤めているガソリンスタンドのあの辺り、魔の釣り針道路って言っているらしいわ。吉村さんのお店のあのカーブのことよ」「そりゃ、どういうことかね」

「つの字に曲がっていて、どこかに仕掛けがあるってことらしいわ。今日、源蔵さんを轢いたのは隣の県の若い子で、この海岸道路を走るのは初めてだったらしいの。かわいそうに、ね」と、久子はちらっと千代乃の方に目をやりながら、やや小声で話している。

「何ということった、ばかばかしい。事故現場を目撃した俺が詳しいことを知らないのに、遠くの縫いもの工場へ行っていたお前が子細に説明出来るなんておかしいよ」

慎一郎は、番茶に手を出しながら言った。

「いつかこんな日が来ることは、見当がついていたらしいのよ」

「げ、源蔵さんが死んだってか。あの源蔵爺さんが」と、千代乃の声が沈痛に響いた。

「自動車に撥ねられたんだ。母さん、国道の方へ行っちゃいけないよ」

「みんな次々と自動車事故で死ぬなんて、おかしな時代だな。昔はみんな海か戦場で死んだもんだに。海じゃ死なんようになったな」と、千代乃は空ろな目付きで言った。

「生命保険なんて、くだらねえものが出来たから、みんな真剣に働かなくなったんだよ。死ねばいい、殺せばいいってことになるんだ。いつだって結論が出ているんだ。あれでいて源蔵爺さんは、子供のために役立っていると思っているんだ。全くたちが悪いよ」

拍子木が打たれる音が響き、慎一郎は話を止めた。カンカンカン、カンカンカン、カーンカーンカーンと三連音だった。関係者が村の寺に集合する合図である。

「松枝さんも、今のうちに少しでも婆ちゃんに保険を掛けておいたらって……、みんなが言うわ。老人でもいろいろな保険があるのよ」と、久子が慎一郎の耳元で言った。

「人並みにバカ言っちゃいけねぇ。母さんは腐っても死んでも、梅松枝の千代乃松枝なんだぞ。母さんの死でひと儲けしようなんてこと、この俺に出来るかい」

「儲けるわけじゃないわ。損しないようにするだけよ。お爺ちゃんが死んだ時も一円も出ずに、粗末な葬式しかしてあげられず申し訳ないことをしたんでしょう」

「表通りの人たちのような生き方をしたいのかい。保険金で盛大な葬式をするくらいなら、ご先祖さまはどんなに粗末な式でも文句は言わなかったと思うな」

慎一郎は保険のことになると、どうも久子の意見に素直に賛成出来ない自分を、不思議に思った。無意識のうちに久子を睨みつけている。

「だからあなたは要領が悪いって、みんなが言うのよ。大抵の人がやるようにやればいいと思うのに……。一人だけが出っ張っていても埒《らち》があかないわ」と、久子が愚痴った。

「源蔵さんに会いに、お寺さんへ行って来る」と言い、入れ歯をかちかち鳴らし、番茶で薄い沢庵を噛んでいる。千代乃の声はいつになくはっきりしていた。

「源太君を元気づけに、俺も行くよ」

「吉村さんの家で、どうして通夜をしないんでしょうね。あそこじゃ落ち着かないわよ、きっと。源蔵さんだって、自分の家から送り出して欲しいでしょうにね」

「母さんの羽織を出してあげなさい。爺さんは昼過ぎからずっと家にいたんだろうよ。近頃は福井の葬儀社の支店が来るようになって、式のやり方が変わってしまった」

慎一郎は、隣の部屋に喪服を取りに行く久子の背中に向かって、話し続けた。母のことを、母の前で遠慮なく話す妻を、慎一郎ははしたない奴だと思う。次第に村の喧しい女に似て来ているのが、慎一郎には気掛かりだった。

岬の村では漁らしい漁が出来なくなり、辛うじて冬場は蟹漁で賑わった。それも昔ほどの大漁ではなく、観光と結びついて何とか息づいている。三桁の国道が出来て、松江集落の辺りも自動車が走り抜けるようになった。水仙を見に来る者、蟹を食べに来る人が大都会からぽつぽつやって来る。そろそろ近海の蟹が足りず、大抵の客は輸入した冷凍蟹を食わされる場合も出てきているらしい。それでも真相を知らない客も、事情を心得た人たちも、さすがにうまい、都会では味わえない味と風味だと舌鼓を打って感激する。加工技術の優れた現代の蟹工船で作った缶詰の蟹でもかなり満足して帰って行く。

慎一郎には岬の村全体が、蟹以外にもいろいろとよからぬことをしているように思えてならない。世間一般の世慣れた大人は、そうだってな、ひどい話じゃないかなどと相槌を打ちながら、それは一部の極端な事例であって決して全体の流れには及んでいないと心得ている。時代の流れや真相の追究もせずに、噂話や風評をそのまま信じ込み、慎一郎は自分の偏見や思い込みに気付いていていない。一寸大人しい人だと噂される所以である。

都会からやって来る人たちを気の毒に思う。娘の洋子ももしかしたら、丁度ここへやって来る都会人とは反対に、実りのない都会の生活に憧れて、中央部の町へ出て行ったのではないかと不安になったりしている。都会から繰り込んで来る、そんな客をあて込んで、商売をしている戸田登代子や孝を心持ち憎く思い始めた。

登代子たちが村の観光協会を結成し、グルになって悪巧みをしている、と慎一郎は勝手に思い込んでいる。千代乃の畑以外は消えかけている野生の水仙を、何とか他種の水仙を植え付けてでも広めようと計画している。協会の連中は、トラクターに物をいわせて、千代乃が守って来た細長い水仙畑を一緒に耕そうとしている。登代子たちはそこに水仙を一面に栽培しようと考えているらしい。荒海の蟹と雪の中の水仙を大宣伝し、口の瘦せた都会人を誑《たぶら》かそうとしている、と慎一郎は苦々しく思っている。

「あの狭い土地を五倍の値段で買ってあげるわ」

協会の役員になった戸田登代子が、慎一郎に切り出した。

「あの畑は俺のものじゃねえ、婆さんに話してくれや。第一、あの土地にゃ値がつかないんだ。五倍も十倍もねえ。諦めた方がいいなあ」

「お母さんは駄目よ、昔もんだから。あんな狭い土地にへばりついているもの。娘さんを町にやっているあんたがしっかりしなきゃ。もう千代乃さんだって、この先長いわけじゃなし、あなたがしっかり切り盛りしなくては……」

「余計なお世話だ。婆さんの気に入るようにさせておくさ」

慎一郎は、母が松枝家に嫁いで来て以来、夫を亡くしても女手一つで、生活が窮しても、どんなことがあってもあそこの水仙を愛し、育てて来た姿を忘れることが出来ない。売らないでいるばかさ加減より、登代子の言うがままに売り渡してしまう方を、村人たちは笑って軽蔑するに違いない。いずれにしても彼らは、最後には自分を笑いものにするんだと思うと、千代乃を守らなければと考えた。村人たちは野生の水仙の美しさや香りのよさを、今は忘れてしまっているのだと慎一郎は残念に思う。

登代子が帰ったあと千代乃は、「絶対に売ったりしない」と言い続けたあとで、「売ってもいいよ」と寂しげにぽつりと言った。

「登代ちゃんが何て言ったか知らんが、水仙畑は母ちゃんのものだ。売りたくないなら、売らなくていいよ。あそこはおチヨさん、母さんのもんだ」

慎一郎は涙ぐんでいた。登代子も昔の登代子ではなく、吉村源太のように、何だか跳んで歩いているような生き方になったのを悲しく思うのだった。

吉村源太のガソリンスタンドが出来、村じゅうの家々の屋根にテレビアンテナが冬木立のように取り付けられてから、みんなが落ち着かなくなったと思っている。洋子たちのように町の学校に行き、石油製品に取り囲まれ、テレビの時代に生まれ育った者なら仕方がない。源太や登代子だけは、自分と一緒に残っていてほしい気がしてならなかった。

「でもなあ、洋子が縁付《えんづ》いた都会は金が掛かるというじゃないか。あの子の歌姫の夢もはやりもんだったしなあ。わての水仙畑も夢だかしれん。あの畑が役立つんだったら、売ってもいいじゃないか。いずれあの辺も、そうなるんだろうからな。越前水仙でなく、ラッパでも鉄砲でも、水仙なら仕方がないよ」

千代乃の淡々とした口調が、かえって慎一郎には腹立たしかった。

「洋子には関係がないんだ。畑を売らそうと、何でも手当たり次第に適当なことを言ってるだけなんだ。協会の奴らにごまかされちゃいかん。誑かされるなよ」

「水仙でなく、鉄砲百合でもいいんだ。墓石も立派に仕替えてやるって……」

「余計なお世話だ。母ちゃんも奴らみたいになりたいんか。御影石のてかてか光る墓に入りたいのかい。源蔵爺さんみたいに、重油で焼かれたいんか」

「嫌だ嫌だ、源蔵さんのあれは嫌だ！　やはり笏谷石の墓は趣きが深くていい」

残照炎上

松枝慎一郎と妻の久子は、姑の千代乃の身を案じて賄い付きの工事現場から、吉村源蔵の勧めに応じて松江の里に舞い戻って来た。畑や山林の様子がかなり違っていて、里にはさらに新しい縫製工場が出来ていた。県外の企業が安心して進出して来られるように、県が中心になって整備し、推進している。それもこれも工場誘致が狙いである。

九頭龍川上流の深山もダイナマイトで崩され、大量のコンクリートが打たれ、巨大なダムを造築し、工業用水を確保する。ダムサイトには巨大な発電所を建設し、電力エネルギーを確保する。工業産業用はもちろん、家庭用の電力を充足する。また下流での洪水などの大水害を出来るだけ緩和縮小する。越前三川の流域に、さらに縫製工場や電子部品メーカーなどが、今後ますます進出して来る。村や町や県全体が経済的に潤い、生活が向上すると関係者は宣伝している。そうした広大な流域の各地元には簡易水道や農業用水路をつける。長い歴史を持つ河口の三国港を物流の拠点として巨大な船舶が接岸できるようにと県をあげて新港建設を始めている。さらに出来れば一人前の県として飛行場も作りたい。企業を呼び込む立地条件を整え、県勢に勢いをつけたいらしい。

慎一郎は、千代乃が墓地脇の畑へも行けなくなった頃のことを幾度も思い返している。ガソリンスタンドを一か月ほど休んで、千代乃の面倒を見た。妻の久子が姑の世話をするのが自然なのだが、久子は縫製工場を休めないと言って、毎日マイクロバスに急ぐ日々が続いた。工場は流れ作業のため一日でも休むと、次の日には自分の仕事がなくなってしまう恐れがある。ガソリンスタンドの方は和代がうまく采配をふり、慎一郎がいなくても、それほど影響しないようであった。夏場はアルバイト学生を何人か雇って、急場を凌いでいる。世情に疎い慎一郎でもスタンド勤務に気兼ねを感じ始めていた。

慎一郎は会社を休んで早くも二か月になる。夏場は暖を取らないので、戸田孝の母親のような悲劇は起きない。しかし台所や風呂場、さらには仏壇にも、マッチや燃えやすいものは沢山あるので、千代乃を火の気のない灰小屋に入れた。母親はもはや自分の感情をしっかり押さえたり、理性のある行動が必ずしも取れなくなっている。そのことを母親自身が意識していないのが一番の課題だと判断している。

千代乃を灰小屋へ入れておいても、気になるような行動を取らず、取り立てるほどの問題は何一つなかったので、慎一郎は家の回りの細かい仕事を始めていた。探せば次から次と仕事は際限なくあった。次第に雨樋の修理や納戸部屋の剥がれた土壁を補修するなど、大きな仕事が増えていた。時折、灰小屋に押し込んだ母親の存在をすっかり忘れて、仕事に熱中していることが多くなった。玄関脇の外灯の明りが、灰小屋の入口を仄かに明るくしていることもあった。

慎一郎は子供の時のように、母親と一緒に寝たく思い、灰小屋に入って添い寝を試みた。横板に足首をのせながら、そっと横になった。灰小屋の隅の慎一郎の足先に、千代乃が行商の折使った古い竹製の大きな四角な籠があった。母親が自慢げに口にしたコロベイニカだった。いつ運び入れたのだろうかと不審に思ったが、それ以上何も感じなかった。首の辺りにお千代さんのごつごつした腰の骨が当たる。耳の下でポキポキと骨が音をたてる。母が体を動かして寝返りを打つ。灰小屋の中は、外の暑さを忘れさせるほどに涼しかった。母と添い寝をしているようで、恥ずかしい妙な気分だった。

灰小屋は土蔵と同じで、冬は暖かく夏は夏で涼しいのが慎一郎には不思議だった。

事あるごとに、〈千代の松が枝　分け出でし　昔の光　今いず　今いずこ〉と口ずさみ、己を律し、奮い立ってきた〈お千代さん〉、千代乃が突然、家に隣接した灰小屋の中で死んでいた。息子の慎一郎はこんなに無造作に死ぬ母ではないと、歯に力を込めて思った。久子が玄関口でにやっと嫌な笑いを頬に浮かべている。あからさまにあんな顔をしなくてもいいだろう、と慎一郎は思う。今日まで、妻の久子は千代乃の前ではいい嫁を装っていたし、自分には利発な妻だと思わせ続けて来た。

「お姉さんや洋子、誠一郎に知らせなきゃ。町の葬儀屋さんに連絡するわね」

久子の浮いた声が蝉の鳴く庭木の方へ広がっていく。

「ばかを言うじゃない。源蔵爺さんみたいな葬式はまっぴらだ」

灰小屋の中に上半身を突込んだ恰好の慎一郎が叫んだ。泣き出しそうな顔になり、口を歪めた時、嗅ぎなれた糞尿の匂いが喉に張りついて、息苦しくなった。頭を引こうとしてトタン板張りの枠に後頭部をはげしくぶっつけた。「おお、痛あ、おっ母は臭いなあ」

「そんなことないですよ。お母さんはね、口は悪かったけれど、しもは綺麗だったわ」

と丁寧な口調でそう言うなり、久子は全身を灰小屋の中に入れ、毛布を外に投げ出した。

女は強いと慎一郎は感心した。最後に干からびたように小さくなった千代乃を、無造作に慎一郎に渡した。半身不随だった頃の母の重さを感じなかった。行商の烏隊員だった千代乃が担ぎ続けた竹籠、コロベイニカが久子の中腰姿の後ろに鈍く光って見えた。こんなになるものだろうかと慎一郎は千代乃の体を凝視した。みの虫のようだった。カリントウのようでもあった。黄色い抉《えぐ》れたような目がついている。確かに千代乃の空ろな目だった。

慎一郎はようやく御坊を引き受けてくれた村人に、心から感謝していた。コップに冷酒をなみなみと注いで、御馳走をした。

「うちのおっ母だけは、町の斎場になんか、どうしてもやりたくねえ。重油で焼くなんてじつに哀れなもんだ。山あいの村の火葬場で、大豆の枯木と木炭を使って、あの岬の土に返してやるんだ。あそこは、おチヨさんの水仙畑と地続きだからなあ」

こう付け加えて、慎一郎はカリントウをぽりぽり噛んだ。

「そんなこと言えば、どこだって地続きだよ。不吉な話だなあ。今どき、あんな所を使う人なんかいないよ。うまく運ばなくても文句は言うなよ。法にかからないよう、精一杯やってみるが……」と、男は半分ほど冷酒を喉に通しながら、するめの足を噛んでいた。

「引き受けてくれてありがとう。戦死した親父は、松江《まつがえ》の住人だったたって証しがないも同然なんだ。これで婆さんは本望だ。大豆の枯枝と木炭を二俵も用意すればいいかね」

「そうだ、それに丸い棺桶がいるな。今どきあんな棺桶はあるかな。難しいことを注文する人だよ、あんたは……」と言って、村人は昔を思い起こしている様子だった。

「棺桶にかぶせるお寺さんの銀糸の布や黒塗りのお棺台なんか、使えるだけでもありがたいことだ。火葬場まで運んで行く村人の行列を、思っただけで涙が出て来るわい。村の人たちに今一度あの道を歩いて貰いたかったんだ。今は昔のものは何でもかでも、いいものでも一緒に捨てて、忘れようとしている。区別しないのが、それが平等だと勘違いしているんだ。わざわざ遠くへ自動車で運んで、重油や電気を使って焼くんだ。呆れたもんだ。婆さんがよく言っていたよ、昔の光　今いずこって、さ。」

「慎一郎さん、そう言うあんただって吉村さんのガソリンスタンドで働いて、加担しているじゃないですか。それが生業《なりわい》だろう」

「そうだ、今日まではそうだった。婆さんもとうとう死んでしまった」

慎一郎は大声で宣言するふうに言った。俺が婆さんの後継ぎをしなきゃ、誰もいなくなってしまう。これを機会に、休んでいたスタンドをきっぱりやめて、若い頃ちょっとやっていた大工でもしよう。指物師の真似事くらいはできる。目が悪く身体も弱い俺に、人様の世話にならず自分一人でやって行けるようにって、おっ母が専門学校に仕込んでくれたんだ。おチヨさんは、百歳になって市長さんから頂く金一封を、死ぬ日まであてにしていたんだ。……世の中がこんなオイル漬けの世界にならなきゃ、俺は何とか独り立ち出来たよ。今からでも遅くない、俺らしい生き方をするさ。窓枠の折れや、押入れの板割れなどの修繕の仕事をすればいい……、慎一郎の声は衰えていなかった。

「アルミサッシを入れるご時世に、あんたはどうかしているよ。あんたが、いつ棺桶に入ってもいい年頃なのにさ。困ったお人だよ、慎一郎さんは。洋子さんはともかく、すっかり都会人になってしまった誠一郎さんご一家は、ここにはもう戻って来なさらんわな」

「いいんだ、仕事がなくったって……。裏山に行けば山菜や燃料もある。九頭龍河口、海にだって小魚は沢山いる。俺らが生きて行くに必要なものは何もかも揃っているさ。息子たちは生まれ落ちるから、ほとんど向こうで立派に暮らしているから……」

「和代さんが言っているように、あんたはやっぱり変人だ。いや変人ではすまされない。足りないんだよ。それで一生を通してきたんだから、恐れ入るよ」

「そうじゃねえ、みんなが分かってくれていないだけなんだ」

「理屈を言い合っても仕方がねえ。材料はしっかと用意しておいてくれよ。おチヨ婆さんだけは面倒を見てやるからな。婆さんが最後だ！」

「ありがとう、おおきに、本当にありがとう」

慎一郎は深々と頭を下げてから、男のコップを引き取り、再び冷酒を注いだ。


火葬場から出た煙が夏の風に吹かれて、寺や国道筋の家々に微かに流れていた。

数日後、久子と洋子の場違いな朗らかな会話を背に、慎一郎は寺への上り坂をゆっくりと歩いていた。寺の境内下の砂利道をうつ向き加減に進み、火葬場の方へ向かっている。寺脇の草むらの中に山百合が数株、白い花を咲かせていた。慎一郎は久子と洋子の分も一緒にと思い、三本を折り取った。石組みの上の蝋燭に火を点けた。右手奥の火葬場の草むらから、線香の細く白い煙が真っ直ぐに立ち上っている。

夏草の奥では千代乃のコロビチカなどが燃やされている。慎一郎は嗅ぎなれた匂いが漂っているように思った。千代乃は死ぬべきではなかったと思う。千代乃が息を引き取った途端に、家の中のバネが切れたみたいに、これまでは何とか辛うじて整っていたものが、何もかもいっぺんにがたがたになったように思われた。

今は季節が合わず、千代乃に水仙を手向けてやれないのが、慎一郎には残念でならなかった。自分たちの気持ちだと思い、今しがた折り取って来た山百合を、炭火の上へ供えた。誠一郎の分を用意していないのに気付き、残りの二本を近くの夏草の上に静かに置いた。源蔵爺さんは、水仙の咲いているすばらしい季節に死んだものだ。渇水期の今は、九頭龍への水の流れは枯渇気味で、地中の水仙の球根も息絶え絶えに違いなかった。

そこは千代乃が嫁に来た頃はまだ荒地のままで、この集落では野生の水仙が少し生えていただけだった。福井県で同じ越前加賀国定公園内であっても三国に比べ越前岬辺りに咲く越前水仙は全国的に有名である。広い意味では、越前水仙は松枝家の墓地脇に咲く水仙をも含めた越前海岸一帯に生えた野生の水仙を指す、と若い頃の女行商人、烏のおチヨさんは信じて行動していた。越前水仙は太古の昔から越前人の誇りであった。

千代乃が少しずつ荒れ地の石を取り出し、雑木の株を掘り起こして、水仙を増やし続けた。千代乃の水仙が村中の段丘の畑の縁に広がり、この三国海岸の水仙も越前蟹や小粒の花らっきょうなどと同等同様に有名になった。千代乃は水仙を大事にして来たのに、季節外れに死んでしまった。慎一郎はそんな千代乃を不憫に思う。あんなに丹精に育て、守ってきた越前水仙が、今は土の中で球根になって身を潜めている。慎一郎は千代乃の水仙畑に腰を下ろし、四拝し両手を合わせた。肩が小刻みに震えていた。

御影石の墓石の間を崖際に進み、日本海と九頭龍川河口を見下ろした。水平線上の太陽が落ちかけ、海面は落日に越前蟹色に染まり、雲の中の太陽はセイコガニの甲羅型に濃い色に輝いている。九頭龍川の日没残照が松江の里を赤く染め上げている。おチヨさんからこっそり、しかし重々しい口調で聞かされた梅松枝家の挿話、〈武士の間、切腹の間と控えの間〉を回想している。息子の誠一郎が近々帰省して来たら、もうそろそろこの秘話をしっかり伝えねばと意気込んだ。〈千代の松枝……昔の光今いずこ〉の歌が墓地の松下で唄われ、途切れ気味に響いていた。慎一郎は、東の山際に昇る、明日の日の出を頼もしく、待ち遠しい気持になっていた。

慎一郎は日本海での夏の落日に合掌し、冬が訪れたら雪中の越前水仙を見に来て、毎日、烏隊員、松枝千代乃、おチヨさんに一人で会いに来ようと心に強く誓った。

著者略歴

杉本利男（すぎもと・としお）
昭和13年　福井県生まれ、中央大学大学院（哲学・博）満期退学
日本文藝家協会、日本ペンクラブなど

著書（小説）
『床屋 戸倉与志夫 越前 足羽川残照』『畳屋 多々見一路 越前 日野川残照』『諸志百家（四）鋏と老人』『諸志百家（五）牛と団扇』『ジパングの風』『ホワイト・パラダイス』『ぼくの弟 志郎』『グリーン先生を告訴します』（彩流社）
『渦外の人』『唐変木』（揺籃社）『石燈籠』『深彫り』「『諸志百家』壱〜参」（吟遊社）『錆びた十字架』『うぶげの小鳥』『ぼくの偏見』『深海魚』『遊学三昧』（永田書房）他

烏隊《からすたい》 松枝《まつがえ》千《ち》代《よ》乃《の》——越前《えちぜん》 九頭龍川残照《くずりゅうがわざんしょう》

2015年8月10日　発行　　定価はカバーに表示してあります。

著者　杉　本　利　男
発行者　竹　内　淳　夫

発行所　株式会社　彩　流　社
〒102-0071　東京都千代田区富士見2－2－2
電話　03（3234）5931　FAX　03（3234）5932
http://www.sairyusha@co.jp
e-mail:sairyusha@sairyusha co.jp

印刷　㈱モリモト印刷
製本　㈱難波製本
装丁　佐々木正見

ISBN978-4-7791-2162-3 C0093